# 老薔薇園

金子光晴

シリーズ日本語の醍醐味⑦

烏有書林

# 序詩

『鮫』より

## おっとせい

一

そのいきの臭えこと。
くちからむんと蒸れる、

そのせなかがぬれて、はか穴のふちのやうにぬらぬらしてること。
虚無《ニヒル》をおぼえるほどいやらしい、
おゝ、憂愁よ。

そのからだの土嚢《どなう》のやうな

づゞぐろいおもさ。かつたるさ。

いん気な弾力。
かなしいゴム。

そのこゝろのおもひあがつてること。
凡庸なこと。

菊面《あばた》。
おほきな陰嚢《ふぐり》。

鼻先があをくなるほどなまぐさい、やつらの群衆におされつつ、いつも、
おいらは、反対の方角をおもつてゐた。

やつらがむらがる雲のやうに横行し

もみあふ街が、おいらには、
ふるぼけた映画《フイルム》でみる
アラスカのやうに淋しかった。

二

そいつら。俗衆といふやつら。

ヴォルテールを国外に追ひ、フーゴー・グロチウスを獄にたゝきこんだのは、
やつらなのだ。

バタビアから、リスボンまで、地球を、芥垢《ほこり》と、饒舌《おしやべり》で
かきまはしてゐるのもやつらなのだ。

嚔《くさめ》をするやつ。髯《ひげ》のあひだから歯くそをとばすやつ。かみころすあくび、きどった身振り、

しきたりをやぶったものには、おそれ、ゆびさし、むほん人だ、狂人《きちがひ》だとさけんで、がやがやあつまるやつ。そいつら。そいつらは互ひに夫婦《めをと》だ。権妻《ごんさい》だ。やつらの根性まで相続《うけつ》ぐ悴《せがれ》どもだ。うすぎたねえ血のひきだ。あるひは朋党だ。そのまたつながりだ。そして、かぎりもしれぬむすびあひの、からだとからだの障壁が、海流をせきとめるやうにみえた。


おしながされた海に、霙《みぞれ》のやうな陽がふり濺《そそ》いだ。

やつらのみあげるそらの無限にそうていつも、金網《かなあみ》があった。


…………けふはやつらの婚姻の祝ひ。

きのふはやつらの旗日だった。

ひねもす、ぬかるみのなかで、砕氷船《さいひょうせん》が氷をたゝくのをきいた。

のべつにおじぎをしたり、ひれとひれとをすりあはせ、どうたいを樽のやうにころがしたり、そのいやしさ、空虚《むな》しさばっかりで雑鬧《ざったう》しながらやつらは、みるまに放尿の泡《あぶく》で、海水をにごしていつた。

たがひの体温でぬくめあふ、零落のむれをはなれる寒さをいとうて、やつらはいたはりあふめつきをもとめ、かぼそい声でよびかはした。

三

おゝ。やつらは、どいつも、こいつも、まよなかの街よりくらい、やつらをのせたこの氷《ひよう》塊《くわい》が、たちまち、さけびもなくわれ、深潭《しんたん》のうへをしづかに辷《すべ》りはじめるのを、すこしも気づかずにゐた。

みだりがはしい尾をひらいてよちよちと、

やつらは氷上を匍《は》ひまはり、

…………文学などを語りあつた。

うらがなしい暮色よ。

凍傷《しもやけ》にたゞれた落日の掛軸よ！

だんだら縞《じま》のながい影を曳《ひ》き、みわたすかぎり頭をそろへて、拝礼してゐる奴らの群衆の
　なかで、

侮蔑しきったそぶりで、

たゞひとり、

反対をむいてすましてるやつ。

おいら。

おっとせいのきらひなおっとせい。

だが、やっぱりおっとせいはおっとせいで

たゞ

「むかうむきになってる

おっとせい。」

# 目次

序詩



詩・散文選I



『老薔薇園』(全)

# 老薔薇園

# 詩・散文選Ⅰ

『香炉』より

# 苔

ほのぼのと
いちめんの苔があかるくなり
火のやうにあかるくなり

苔むす
苔むす苔の底から
たたいてくる狂気の鉦《かね》の音
ああ。そこに私の屍《しかばね》を
血みどろな苔むすしたにうづめてくれ。
あかるい脛《すね》、そのままに埋めてくれ。

# 柩

あけかたにともるともし火は
くらやみの
森の木立のおくそこに秘め
ただしめじめしめじめとくらい土のうへ
朽ちかけた柩のかどにともつてゐる

ああまことにかたはらの悲しい孤独のいのち。
朽ちては重なる落葉のしたに
夜通しうなされたくらい魂が
ぐつしより汗にひたされてゐる。

『こがね虫』より

## 誘　惑

### 第一の誘惑者

私は、太陽の黄金と、其縞《その》である。

若楓や、小蘗《めぎ》の林に、
金亀子《こがねむし》の翅、蠱惑《こわく》する小径《こみち》に、
私は、世界を躍り歩く侏儒《こびと》である。

私は水底の銀の陽炎《かげろふ》の唄である。

私は闇の心に願を滴《したたら》してゆく。

生の、最も鮮明な時は我掌にある。
薫香《くんかう》もて区劃《かぎ》る時代は、我掌にある。

第二の誘惑者

あゝ、此身《この》は何と云ふ優艶な舞姫《まひめ》であらう。

袖は、森の百万の囀《さへづり》を刺繍《ししう》し、
裾は、長い海浜に匂の襞《ひだ》を送る。

此瞳の蒼空から、情愛と、夢を汲尽《くみつく》すことは出来ない。
或夜《ある》、私の胡弓に数多《あまた》、人が釣られてくる。

彼等はもう衷心から慟哭《どうこく》する。
彼等は終夜、岩窟を躍りめぐる。
翌朝、瑠璃色の深い瓶に溺れてゐる。
人は、小魚《こざかな》の如く優しく死浮《しにうか》んでゐる。

この身の詐《いつはり》は皆、真実である。
この身の栄えは禍《わざはい》である。

第三の誘惑者

私は勝利と傲誇《おごり》の悲しい石像である。
白象《びやくざう》の背の賭神《かけものがみ》である。

花槍や、犠牲《いけにへ》に護られる好運神である。

生活の競技は、常に私の広場にある。
熱狂、喝采、揶揄が喧鬧《けんたう》する。

お前の幸運、銭財を賭けよ。
お前の力量、技術を賭けよ。

お前の生涯の自由、恋人を賭けよ。

第四の誘惑者

光線の劇《はげ》しい投槍を避け、私は呼ばふ。
薫《にほひ》やかな繻子《しゆす》の灯影《ほかげ》に私は呼ばふ。

梢梢《せうせう》の廻燈籠《まはりどうろう》の蔭に私は呼ばふ。

彼等は少年と、肉親の姉である。
数奇な運命の神、私は呼ばふ。

二人は破倫、極度に美しい堕落の世界を下る。
二人の皮肉は海棠《かいだう》より明るく泣濡れる。
紅脣《くちびる》は松毬魚《まつかさうを》の如く乾涸する。
金具の歯はカタカタ打慄《ふる》ふ。

瀧壺の周辺に抱擁《いだきあ》ふ、

二人の神経は花咲き痺《しび》れてゐる。
終夜《よもすがら》、夢幻《ゆめうつつ》の二人は、涙と涙とを飲む。
現世《うつしよ》の水瀬は轟轟《がうがう》遠ざかる。

水流は薄絹の如く二人の身辺に揺れる。
水底は水晶の如く明るくなる。
ああ二人の恍惚《ほれぐ》の肉体は、
花の如く、其中を潜つてゆく。

第五の誘惑者

私は、運命の回帰潮《くわいきてう》である。

白昼、帆柱も帆も無い巨船が繋がれてゐる。

夫《それ》は、碧潭《へきたん》の死の海流に、
真赤な陶棺の如く陥没してゐる。

落日輪が豪奢を鎧ふ頃、
夕潮速く、希望の如く推流《おしなが》す。
人人は感激と、涙に声も閉塞《へいそく》する。
然《しか》も一切《すべて》は徒労である。
潮流《うしほ》は、只《ただ》同じ場所を移動してゐる。

夜夜、暗い煙筒は絶望の火を吐いてゐる。
海上に力の外《そ》れた哄笑《こうせう》がのぼる。

笑から笑が狂暴に続いて消える。

## 第六の誘惑者

私は、婉麗《ゑんれい》な迷ひである。
私は、青空の常闇《とこやみ》や、依的児《エーテル》の誦歌である。
新芽の囁《ささや》きや、蜜蜂や、蝌蚪《おたまじやくし》である。
紫羅傘《いちはつ》や、糸蘭や、桜桃《ゆすらうめ》である。
私は、禁厭婦《まじなひし》、数麽《スーサン》である。
私は、禍神《わざはひのかみ》、魯鬼《ろき》である。

私は、眼鏡蛇や、襟蜥蜴《とかげ》や、馬蛭《うまびる》である。
私は、猪籠草《うつぼのかづら》や、蘭虫草《らんちゅうそう》、狸藻である。
草烏頭《とりかぶと》や毛茛《キンポーゲ》や狐傘蕈《きつねのからかさ》である。

私は、烏毒《うどく》、月下香、阿片である。

私は、貝殻色の詛《のろ》はしい惚薬である。

私は、妖怪の邦の詩神《ミューズ》である。
蒼天、水は、私の化粧鏡である。

あゝ、私は、東崑崙《こんろん》山の彼方から来た、
地上の業慾、火龍《ドラゴン》である。

# 二十五歳

振子は二十五歳の時刻を刻む。
夫《それ》は若さと熱禱《いのり》の狂乱《ものぐるひ》の刻《とき》を刻む。
夫は碧天の依的児《エーテル》の波動を乱打する。

夫は池水や青葦の間を輝き移動してゆく。
虹彩や夢の甘い擾乱《ぜうらん》が渉《わた》つてゆく。

鐘楼や、森が、時計台が、油画の如く現れてくる。

夫は二十五歳の万象風景の凱歌である。

二

私の鏡には二十五歳の顔容《かんばせ》が陥没してゐる。
二十五歳の哄笑《たかわらひ》や、歓喜《よろこび》や、情熱が反映してゐる。
二十五歳の双頬《さうけふ》は朱粉に熾《も》えてゐる。
二十五歳の眸子《ひとみ》は月石の如く潤んでゐる。

ああ、二十五歳の椚林《くぬぎばやし》や、荊棘墻《いばらがき》や、円屋頂《ドーム》や、電柱は其《その》背後を推移してゆく。
二十五歳の微風や　十姉妹《じふしまつ》の管絃楽が続いてゐる。

空気も、薔薇色の雲も、

あの深邃《しんすい》な場所にある見えざる天界も二十五歳である。
山巓《さんてん》は二十五歳の影をそんなに希望多く囲む。
海は私の前に新鮮な霧を引裂く。

二十五歳の糸雨《しう》は物憂く匂やかである。
二十五歳の色色の小島は煙つてゐる。

二十五歳の行楽は、寛《ゆる》やかな紫煙草の輪に環《とりま》かれてゐる。
二十五歳の懶惰《らんだ》は金色に眠つてゐる。

三

二十五歳の夢よ。二十五歳の夢よ。
どんなに高いだらう。

二十五歳の愛慾はどんなに求めるだらう。
二十五歳の皮膚はどんなに多く罪の軟膏を塗るであらう。

二十五歳の綺羅《きら》はどんなに華奢《はでやか》であらう。
二十五歳の好尚《このみ》はどんなに風流であらう。

『大腐爛頌』より

# アルコール

## 序曲

木の実を搗《たた》き砕《くだ》き、または嚙んで唾液とまぜて、
神神が、はじめに一甕《かめ》の酔を醸《かも》しだした。
あゝ、なんのへんてつもない、凡庸きはまるこの人生に、
神神のゐた頃の狂飆《きやうへう》を呼びもどす、唯一つのそれがよすがである。

与へられた五十年、人はじぶんが歩いてゆく足もとの
雑草と、石ころしかみようとしない。
なるほど、人生はあまりながすぎ、苦悩が多すぎる。

くたびれきつて今更、天の高さをふりあふぐのに首が重たいのだ。

さあ、その一くみの豊穣をなみなみとちろりにみたし、
埋《うづ》み火《び》をかきたて、ぬく灰のなかにさし込まうよ。
オンマ・ハイヤムがみづからを
死んで酒がめの土にならうと願つた、その酒甕の酒を。

雲の馬に跨がり、星座のあひだをとびめぐり、地軸をくぐり、
風に吹き送られ、波浪を枕にしてたゞよひ、
かうしてこそ、人間ははじめて、世紀が求めた真の自由が、
封じられた甕のなかにあることを知らう。

一

神は酔つぱらひだ。

ひどいへべれけだ。

だから、神のつくつたものは
みんな、でたらめだ。
どこか辻褄が合はない。

酔眼朦朧《すいがんもうろう》とした神は、
あやしい手つきでこね廻し、
背なかに何本も牙のある、禿頭の
奇妙なばけものを創りあげた。

神が夢にみた通りのその怪物らを
ひえきらない熔岩のうへに
そつとおくなり、それらは
かたかたと音を立て、這ひ廻つた。

神の夢をひきついだいきものどもは
アルコール中毒の血もうけついで
重たいからだで、よろめきながら、
毎日、喧嘩をした。大地が一夜に海となり、
火と雨がふりそそぐなかで。

神からはじめて翼をねだつた始祖鳥が、
岩のとつ鼻に休んでいうと、
観覧車のやうに世界をみおろし、

やがて身構へ、鰭のやうな貧しい翼をひらいて
空にむかつて翔び立たうとすれば、
海は、酒樽の酒のやうに沸きかへり、

巨龍も、剣龍も、魚龍も、争ひを止め、なりをひそめて、
創成紀来初《はつ》のみものの
空中飛行を見物するのであつた。

二

さすがに神もこんな下手《げて》ものが生れようとは、夢にもおもはなかつたらう。
蛸のあたま、貝殻の耳、水蛭のやうな、くらげのやうな、
胎児がそのまゝ成長したやうな、赤剝げで、
白いうぶ毛につゝまれた、みるから小つぱづかしいいきものが、
あと足だけで、よつちよつちと立ちあがり、みづから「神の嫡々《ちやくちやく》だ」と名宣《なの》つた。
あきれ返つたことには、奴らも、神がしたやうに、
じぶんらで酒を造るすべを考案し、

神とおなしやうにへべれけになつた。

神のやうに慾張りで、いやしくて、鼻つぱしが強く、残忍なかれらは、
生類の首長、地上の代官となるために、
かれら同士のあひだで権力を争ひ、
たちまち、この地球を、おのれたちの殺しあひの舞台と変へた。

外濠をめぐらした、蟻塚のやうに立つた陰気な城壁のまはりに
さいかちや、かみ切り虫、金ぶんのやうに、鎧つたものどもが蝟集《ゐしふ》し、
重い楯が押しあひ、札《さね》と札が擦れ、かたかたとぶつかり、
金具のあはせ目をさがして、刺さうと迫りよる刃を、
さうはならぬとよろめきながら、必死に抗《あら》がふもの。
殺気に血走つた目と、絶望のあらい息づかひ。
ぬらめく血と汗、立ちのぼる土ぼこり。
朝から昼まで、

昼から夕ぐれまで、
かれらは押寄せ、また押返され、
「神の昔語り」をまなんで、戦ふのだ。
燃えながらくづをれる釣井楼《せいろう》。焼けおちる羽虫の群。
どつとあがる鬨《とき》の声。敵も、味方も、わる酒に酔ひつぶれ、
頭の鉢は、酒を入れる杯だ。からだぢゆうをめぐるのは血ではない。
アルコール。

三

一人がゐて台のうへに飛びあがつて、西、あるひは、東をさせば
群衆は、黒雲になつて湧上る。
一人が一人を突き、それが十人となり、又百人となり、全市をあげ、遂《つひ》に国をこぞり、
毛氈《もうせん》を巻くやうに、一つの方向にむかつてなだれる。

あゝ、この盲目のうごきに、逆らふものはふみにじられる。

目がうはずり、声がかすれ、
拳、拳をふりあげて、口々に合言葉を叫ぶ。

「殿堂《でんだう》をこはせ——」

「自由をとりもどせ——」

かれらだ。仏王ルイを王座からひきおろし、
絞首台にぶらさげたのは。
露帝ニコラスの一族を銃殺したのは。

酔うては殺鬼《せつき》。さめては優人《やさびと》。
かれらはいま、街の角すみに額をよせて
裸オペラのスタアを評判する。
みだらな目つき、いやしい笑ひの

吐く息の吟醸、吸ふ息のれい酒。

四

アルコールよ。
一杯の活力よ。

人人をおしひしぐ生活の労苦で、
地球は、ぐんと重たさを増したやうだ。
そのあらい軛《くびき》から、アルコールは
かれらを解き放つたのだ！

人々は互ひに杯をあげて
将来の幸運を祈り、健康を祝つて、うす手ガラスのふちとふちとをかるくうち合せ、
酒あるときは、久怨も忘れて、和楽し、

身分ちがひ、みしらぬ相手も、十年の知己のやうに、
肩をくみ、いだきあひ、背をたゝいて、
おなじ憂ひに、おなじ憤懣に、
手をとつて啜り泣き、拳をふるつて悲憤しなぐさめあふ。
また、野天《のてん》の星ちりばめた天蓋のしたに、
大地を羽根とこゝろえて、ねむり、
こはれ椅子とともにぐらぐらしながら、
陶然と、目をねむり、むかしの流行唄をうたふ。
若い日、彼をすてて去つた
こひびととめぐりあつてるやうに。
アルコールこそは、私たちの夢。
私たちののぞみ、ほんたうに、
私たちが送らうとのぞんだ人生だ！
アルコールこそは、家を忘れ、
制約をのりこえ、国境をうしろに蹴つて、

人間にイデアの国のあることを、みせてくれる。
私らは、もはや人生などに用はない。
アルコールこそ。アルコールこそ、アルコールこそ。

ポルトーよ。ベネヂクチンよ。
和蘭《オランダ》のジン太郎、ロシアの火酒《ウオトカ》。
輿《よ》図《づ》のすみ、世界の津々浦々
アラスカから、スマトラ、ジャバ、チモール群島まで、
酒の気のきれた土地はなく、酒あればこそ、それをめあてで
不《ふ》如意《によい》をしのぶこの人生があるとおもはぬものとてない。
ヒンヅー・キリンが車座になつて、一口づつたしなむ、椰子の酒。
のどには火箸、からだぢゅう火の旗をふる高粱酒《コーリヤンしゅ》。
草の酒。木の実の酒。
麦の穂の酒の泡立ちを、あざらし髯のドイツ労働者は
腹つき出して、息もつかずにつづけのみする。

豊饒な房をつらねた葡萄の古酒。ボルドーの味、ブルゴーンの味。
古ギリシャからけふまで、
地の女神の乳房から、たえまもしらずそゝぎ出る
アルコールよ。アルコールよ。
君とともに栄えたローマ、
低地諸国のサチールたちが、踊りまはつた蹄のタンバルン。
プティ・ペルノオの深酔で、風にふかれてゐる蓬髪のエッフェル。
サマルカンドの市場、諸国のきゝ酒。
はるかに砂漠をわたつて
金帳汗《キプチヤクハン》の宴《うたげ》。革袋に盛る韃靼《だつたん》の酒。
鷲の背肉を引裂いて食ふ
ふるきモンゴールの血をうけつぐ酔ひ。
石帯の紐をゆるめてくつろぐ官人たちは、
太平を寿《ことほ》ぐ官醞造《うんざう》の臨安第一の酒庫をひらいて鯨飲する。

アルコールよ。
おゝ、君のなかには、すでに名目のみで、なか味のすり変つた恋があり、
功名の悦楽がある。
君のなかに、〝死も猶《なほ》、たのし〟といふ思想があり、
君があるので、星もばらいろに染まつて
荒寥として涯ない天界を、ほろ酔機嫌でうたつてゆくし、
君があるので、いたみやすい、いびつな人間どもも、時には背に翼でもあるやうに、
地上から三尺あがつて、かるがると、希望につられてあるくことができるのだ!

# 大腐爛頌

## 一

すべて、腐爛《くさ》らないものはない！

谿《たに》のかげ、
森の窪地、
うちしめつた納屋の片すみに、
去年の晴衣《モード》はすたれてゆく。
骨々した針の杪《こずゑ》を、
餓《う》ゑた鴉が、
一丈もある翼を落して
わたる。

ものの腐つてゆくにほひはなつかしい。
どこやら、強い酒のやうだ。

私の肺は、錆びた色の
朽葉のにほひが染みつき、
私の心は、透明な空にかゝつて、青い。
だが、私の足もとだけは、危ふげで、
一本の白樺の杖にすがらねばならぬ。

くれがた、
たつた一人で、じぶんの部屋にかへつて耳をすませると、
静寂が無数の輪を送り出し、
一つの言葉となつて、さゝやく。
「すべて、くさらないものはない！」

星かげ一つないくらいま夜なかに、
ねられないまゝに起き出し、冷えきつた囲炉裏に、そだをくべる。
蛍光の焔《ほのほ》の舌に照されて、
私のさしかざす掌。
ばらいろに透く指の股、
その血の赤さも、いつかは黒くさびつき、
壁にをどる私のおどけた頭の影。
そのかたちも、いまのうちなのだ。

私の書物。愛読して、
胸をどらせた傑作も、
紙から活字が、ばらばらにくづれ散るときがくる。
窓に弾《はじ》いてゆく霰《あられ》。明日《あす》のしののめ。
わが貴い時も、友情の交りも、

すべてみな、一瞬に明滅する焔。燃えさかつては灰になつてゆくもの。
去歳《きよさい》の落葉。朽ちて重なる形骸。

あゝ、しかし、こゝろ怯《おそ》れ、虚しさのためにむかしの賢人、見者《けんじや》たちを真似て、
人生を、最後の用意のために味気なく費すのは馬鹿気た話だ！
むしろ、この大腐爛のなかを、こゝろの住家として、
虫どもの友となり、愚かな今日を、昨日のやうに、また明日も、
よろこび迎へ、かなしみ送りたいものだ。

二

くさつてゆく。くさつてゆく。
萌黄に、
紅に、
虹色に、

わが地球も、林檎のやうに熟れて、
にほひかんばしくくさつてゆく。

はなだいろにかげる地を掘つて、
墓掘人夫たちがしづかに担きおろす。
新しい棺のなかには、
簪《かんざし》をさし、臙脂《えんじ》を染めた
ほのぼのとした屍。
明珠をうづめるやうに、
十三夜月を雲にかくすやうに、
人は、哀惜に心をいためながら
ありし幻ばかりを抱いてかへる。

その日から、おもひでばかりが、
世の人の心にのこつて伝説となる。

虞美人草を咲かせ、
「梅妃伝」の筆をとらせるが、

幽界の屍は、地の轟音をきき、
うす皮を貫いて虫は這ひあるき、
やがて、肋骨の橋桁のしたに、
臓腑を喰ひあらした一斗の蛆は、
激流となつて、ゆきつ戻りつする。

私の耳に、今猶《なほ》声音がきえず、
俤《おもかげ》にうかぶ私のこひびとも、
そんなふうにして、亡びていつた。
かつて一度も、そんな人が
この世にうまれてゐなかつたやうに。

私の記憶がそもそも
あてにならないといふやうに。
すべては、泡の泡だといふ
東洋のありふれた無常観のやうに。

だが、私はそんなことではへこたれない。
私にとつて、腐臭も、血泥も、濃汁も、
あの人を愛着するはじめから
計算のなかに入つてゐるのだ。

清らかなものが消えやすく、
うつくしいものが汚れやすく、
春の嫩芽《わかめ》が蝕まれやすいのも、
それゆゑにこそ猶、心が焦れることも、
しりぬいてゐるのだ。それでもしかたがないのだ。

散る葩《はなびら》を追つて
むかしの姿を求めて、
私は、この爪を血だらけにして、墓土を掘る。
なかば朽ち、骨のあらはれたあの人を、
もう一度、この胸にかい抱かうと。

三

すべて、くさらないものはない！

木蘭は裂け、海棠《かいだう》は散りこぼれ、
うてなも、芯も、地に委《まか》せて、
幹のふとい樫も、
ほそぼそとした若楡《わかにれ》も、

ぜんまいのにぎりこぶしも、忍冬《すひかづら》も
くちたもののうへにむらがる傘茸も、
翅のあるさいかちも、殻をたのみの蝸牛《かたつむり》も、
つちくれの柔かいねどこに、
熱い掌《てのひら》に、大きな舌に、
やすらかに身を横たへるのだ。

狼と、ゐじきの小羊は
前後しておなじ場所に、
くされ肉のこびりついた
一片づつの骨を並べる。
およそ、しほ水にいきるものも
まみづにいきるものも
みな洗はれて、しやぶられて、
水そこの泥となるのだ。

兀々《ごつごつ》とした岩石も、
風雨にさらされて、亀裂し、ぼろぼろになり、
風景と、顔は痕も止めず、
いつさいは、黄ばみ、萎《しを》れ、
ちゞくれ、皺だち、よれ〳〵になり、
または、崩壊し、溶け、にごつた泡をふき出し、
毒素を発散し、風に散らされ、
遂に、なにものも完全ではゐないのだ。
いかなる血統も純粋を保つことができず、
いかなる美も陳腐となり、
頽破《たいは》し、精神を失ひ、おもてばかりを塗り立てて、むなしい残骸を彩《いろど》る。
思想も、自由も、モラルも、愛も、
すべて、老いざるものはなく、
また、腐爛し、朽ちはててゆかないものはない。

おゝ。日夜の大腐爛よ。

私が目をふさぐと、腐爛の宇宙は、
大揚子江が西から東にみなぎるやうに
私達と一緒にながれる腐爛の群の方へ、
轟音をつくつてたぎり立ち、
目をひらけば、光洽《あまね》く、目もくらみ、
生命の大汜濫となつて、
戦ひの旌旗《せいき》のやうに、天にはためくのだ！

# 草刈り

## 一

六月、新緑の目もあざやかな雑木林のむかうから、一人の巨人がぬつと現はれる。
その胸のへんの高さまで、はびこりしげる雑草の海を前にして。

巨人が逆光をうけて立つた姿は、ヘルクレスのやうだ。
帽子はよこつちよに、臂《ひぢ》までまくりあげた腕に大鎌の柄をかゝへるやうに突いて、だぶだぶなズボン、大きな木靴《サボ》。だるさうな動作で、片手をポケットにつつ込んでさぐり、素焼のパイプをとり出して、一ぷくつける。
それから、ちゆつと横へ唾を吐き、
やをら、大鎌をひきよせ、身構へる。

晴れわたつた青空のしたで雑草は、ぎつしりした繁茂をしんとさせて
そのうへに乗つてる太陽さへもしろつぽけ、草の吐くいきれでゆらめいて、ためらふやう
におもはれる。
迷ひ込んだ白蝶も、その影も、勝手ちがつて不安な羽うちでのがれてゆく。

灼熱の葉の鋼鉄《はがね》と、茎の針金で、結ひめぐらした城塞《とりで》は、逆《さか》も木《ぎ》は、
なにものの立入ることもゆるさない。
白眼をむき、拒絶し、傲《おご》り、嘲笑《あざわら》ひ、
動揺のいろさへみせず、ひそかに挑戦する。

鎌は、眠つた目をあげる。電光の一片である刃はざつと横薙《よこな》ぎに
一のかこみをきりくづす。

すはこそと、ざわめきつたはつてゆき、
眠つてゐるものは、次々に小突き起され、

あなどりは、狼狽とぶつかりあふ。
細身のしのの槍ぶすま。
かけむかふ匕首《あひくち》や、蛮刀を、
鎌は、尻目にかけはづす

首はちよん切れ、手足も、胴も、斜《はす》にそがれて、ばらばらになつてちらばへば、
血けぶりは、辛いにほひを立てて、あたりを黄ろくにごらせる。

二

犬虱の散弾も、てんつきの布陣も、あの情しらずの大鎌の進軍の前には、ほどこすすべを
しらない。
「大虐殺《グラン・マッサークル》」の異様な快楽が、リズムとなつて大鎌のこゝろを先へ駆り立てる。
顔色うせたあれちの野菊。寒気立つた鼠麹草《ははこぐさ》。

逃げのびて頭《かしら》をふつてゐる毛莨《きんぽうげ》。また、小瘠《こしやく》にも、鎌の刃に身を巻きつけ、大地にはりついて、八方から立ちあがつて離れまいとする地縛り、
鎌は、詐術でゆるめるとみせて、油断をみすまし、ふつと切り放つ。
城櫓《しろやぐら》となつて聳《そび》える大戟《たかとうだい》。宗徒とたのむ大虎杖《いたどり》もあつけなく傾きくづれ、
不滅の伝統、神を崇めるものまでも、ながい信頼をうらぎつて、みてゐる前で根こそぎにごそり、ごそりと崩壊する。

大鎌は、血のりに濡れた唇を、舌なめずりしながら一息つく。
残忍なその本能をなほもかきたて、にぶらせまいと、
草刈人は、砥石で、その刃をとぐ。
鎌は、あたりの寂寞《じやくまく》をやぶつてひゞく、かわききつた笑ひ声をけらけらと立てる。けらけらと立てる。

三

はれがましい天日のもとに、醜陋《しうろう》な後宮の生活は曝《さら》け出される。

夜も、昼もない淫縦に、火の脛《すね》はからみあひ、汗みどろになつて首を絞め、悪徳ゆゑに肥えふとつた老妃と宦官、荒淫、乱倫の群は、鎌のきりくちからどろりとした白乳と、黒く濁つた血漿《けつしやう》をしたたらせる。

密謀、毒殺、簒逆《さんぎやく》、叛乱――おそるべき幻影をめぐつて、鮮やかな紅《くれなゐ》の蛇苺。紅蕈《べにたけ》と、侏儒《こびと》のたまご茸。

おびたゞしい葉うらの産卵。腐敗にかへり咲くかびの花。盲目の芋虫。いちはやく、とぐろをほどいてするするとのがれる蛇。昼の燐光。うごめき、喘ぎ、のたうつ生命の暴露、目もあてられぬ奇怪な匿《かく》れ家《が》を鎌の一触れでひつくりかへす。

あるひは、ひしひしとかこんだ刺ある枝の重囲に堕ちて、をののいてゐる蒼ざめた野茨の花。

幽閉の花。高貴の末裔よ。

一かこひの重くるしい醱酵を、一つの歴史のなれの果を、大鎌は一やうに裁き、
運命がもつ苛酷さで、ゑぐりとる。
はじまり終のわからない心理の葛藤と、
不倫の血のつながりや、どこまでもおしかくされた内紛を。

あゝ、そして、一日の仕事はやつと終つたのだ。
草刈人は、村の四辻の、〝古狐〟といふ酒場へ木靴をひきずつてゆき、立飲み台によりかかり、
皺くちやな眼にはじめて微笑をうかべつつ、
一杯のビールがべつかふ色に透き、白泡がコップの外へあふれるのを眺める。
刈りとられた林の一劃《いつくわく》の草原は、猶、青黒いしぶきにどんより濁つてゐる。
刈りあとのからんとした淋しさよ。はや陽ざしが傾いて、ひいやりとした夕闇が、そこらあたりにたゞよひはじめる。

反抗したものも、身悶えて身一つを逃れようとしたものも、
一切合財《いつさいがつさい》は、夢であつた。
愛人たちは互ひに庇ひながら、おなじ刃に死ぬことに満ち足りてゐた。
積みあげられた刈草のそばに、わづかに刈りのこされた蚊帳《かや》つり草が、ものさびしさうに
揺れてゐる。

けふからのねぐらを失つた羽虫は、梢のあひだのわづかな陽の縞にういて、金粉をまきち
らしてゐる。
草の茎ともろともに、まつ二つに胴を切られた蟷螂《かまきり》は、〝牛車にむかふ〟といふ諺の性《さが》が、
じぶんから禍をまねいたのか。

哲人たちよ。この廃墟に立つて、君は、どんなに心をうたれ、宇宙の真理をそこに闡明《せんめい》す
るだらうか。
詩人たちよ。君は、どんなに頭うなだれて、いためる魂どものために涙をながし、亡びの
唄を、君のこころの竪琴《たてごと》に合せて、美しい悲歌をつくるであらうか。

四

その夜、くらい納屋のなかで、
石臼や、車輪といつしよに、片すみに立てかけられた大鎌は、
戸の破れからさし込む、青白い月の光に照らされて、
けふの殺戮の夢に魘《うな》され、うすにぶい眼をひらいてゐる。
命乞ひしてすがりついてきたまなざしや、怨恨の一べつや、
断末魔のうめきや、地ひゞきうつて倒れた物音や、
ふれるなり、はやくも気を失つた、可憐ないのち毛や、
叫喊《けうかん》や、泣きわらひ、絶望の捨鉢や、狂気の沙汰の反撃など、
目まぐるしい一日の絵巻物が、猶飽き足らず血にかわいた修羅のこゝろにくりひろげられ
るのか。
大鎌は、ぶきみにわらつてゐる。――そして、おもふ。〝明日は、人間の世界を片つぱし
から、殺しつくしてやらうもの〟と。

『水の流浪』より

## 水の流浪

沃度《ヨード》と塩の水は、赤といふも、緑といふも、金色といふも、たゞ色ならぬ色、光線ならぬ光線で、流浪してゆく。あみ目硝子《ガラス》に、路考《ろかう》茶に、霰小紋《あられこもん》に、水はすゝりないてゐるか、歎美してゐるか、放神してゐるかである。

そこを流れてゐる一切の魚族、放逸で非人情で、非実在的で、半透明で、やりどころのない仄明《ほのあかり》のなかを紡錘形《ばうすいけい》に、又扁平に無明の燈火をともして彷徨《さまよ》ふ簇《ぞう》よ。夜昼ないみる色の水に、細い、白い魚が浮《うか》みあがり、それとみる間に幾百の燦爛《さんらん》たる鯛の群となつて眼前をゆく。おゝ、何たる漂泊の美しい群衆だらう。いづくへのはかない行《かう》旅《りよ》であらう。

くらい蝙蝠《かうもり》住む岩洞《がんとう》に添うて、激流は、逆様にくつがへる。旅しつかれてきたペンキ塗の船舶はゆれ〳〵ながら、この動揺する島添ひの青い水のなかに、遠く遠く、蹣跚《よろ》めく小さな碇をおろす。

水は又、陸を離れ、遠くさびしくゆく。びろうどの帯の海蛇の幾町とつづくうねりをなして、重く、はてしない因果律をつづけてゆく。海水は霧となり、筋となり、急ぎ、うち、誘ひあひ、その水の虚に、花傘海月《くらげ》や、夜光虫をかざりつつ、淡く、深く、緑になり、紫とかはり、虚空となり闇となつてゆく。ああ、海水の色には熱がない、熱がない。たゞ感情の淡い悲と咏歎と、疲れが声を立ててうつつてゆく。そこに咲くすべての生活は、皆一つの哀歓と流浪であつて、帰結もなく、出立もない旅の旅である。

定着もない憂愁と心易さに、すべてが一様に流されてゆく。おゝ、わが悲しい水の流浪よ。層の層よ。大きな潮の洞穴よ。そして、私、私の生活は、いつもこの美しい漂浪の息をきく。

およそ、疲労《つかれ》より美しい感覚はない。
おゝ、硝子壜の中の倦《ものう》い容積を眺めよ！
そこに、非人情な水の深潭《しんたん》をみよ！

人生は花の如く淋しい海の流転である。
破れ易い水脈《みを》の嘆き、
水のなかの水の旅立ち……。

忽《たちま》ち！　水は激しい焦燥憂慮の潮に囚はれる。
花崗石の絶壁に添ひ、白い苦塩《にがしほ》はもがく。
硝子の畦《あぜ》の海藻の花の疲れ
青眼鏡の底の白内障《そこひ》の水泡……。

又、その郷愁的《ノスタルジック》な峡間《いはま》に、
清い霰《あられ》色の谿流はそそぐ。
単一《センプル》な花藻の森の明いうれひ、
……石角を螺《にし》一つ静かに転んでゆく。

然《しか》し、ゆるやかな淡みどりの太洋に、
水の彎曲《わんきよく》に、こまかい雨の紋……
桃の花色の半透明な帆をあげる蛸船をみよ。
途上の途上なる傲《おごり》の悲しさよ。

零落の水層《みづかさ》深く、深く入れ！
こゝは、生存より遠い潮の喪礼《さうれい》……。
赤い実の乱れゆれる威烈の神馬藻《ほんだはら》の列、
……幾十尋の林の冷い奈落、

夜となれば、猶、水のはかなさよ。
望もない、欣《よろこび》もない簇《ぞう》は、闇《くらやみ》の大虚無の中に喪神《さうしん》と、悲歎から、海水は瀧の如く
いづくにかそそぐ。

黒い正覚坊《しやうがくばう》のむれる悪水の哭《なげ》き、

真夜、満天の斗宿《としゆく》を急ぐ大鮫鰐《かうがく》、
おゝ、方向もなく溢れる瀦槽《ちよさう》の水……。

欣求《ごんぐ》も、嘆も、氾濫も、静止も
たゞ、無終無始の長い流浪である。
生命とはかゝる中性な水の感情、
……憂鬱な波紋の上の波紋である。

あはれあれ、松樹林を彷徨ふ冬の陽の淋しいランプ。
灰色の岩礁に、感情はすべて死にはてた。
そのとき、私は孤《ひとり》、松籟《しようらい》により、
愛執《あいしふ》と別離の淵源《えんげん》の愛をきく。

# 土管と季節

眼と眼とがさがし出すと、もうすぐ蝶類のやうにもつれあつた二人が飛んでゆくといふランデ、ブーの此頃だつた。退屈といふものを苦に病むには、まだ二人の間に目新しい恋の仕組がありすぎた頃だつた。

花崗石の石くづや、石灰の粉が白く土にちらばつてゐる河口の荷上場に、巨きな土管……みあげるやうな常滑焼《とこなめやき》の土管がいくつも並べてあつた。二人は、そのツル〳〵辷る土管の内側へ潜つていつた。そして、立膝で顋を支へ、身体を円くかゞめて、並んで坐つてゐた。ほの暗い陶製の円筒の煤けた内側面は、洞穴の奥のやうにロマンチックで、悽愴《せいさう》の感さへ加つてゐる。

『素敵ネ！』

『とてもいゝ匿家《かくれが》だ』

女は、この狭い土管の中で、金茶色の繊奢《せんしや》なぬひ飾りのある、光線の加減ではほとんど金色にさへみえるパラソルを、土管の一方の出口の方へむけて開いた。それは男が、女の顔ぢゆうを吸ふための目的であつた。パラソルにかくされた方の出口、即《すなは》ち、二人の左手の土管の口からは、轟くばかりな海の景色が円く切取られてゐた。飛魚の鰭のやうに燦々《さんさん》とした真夏の海だ。パラソルがそのうへへ開いてゐるので、パラソルの間からこぼれる景色が一層、強烈で、蠱惑的であつた。

しかし、土管の他の一方の出口、ふたりの右手の方の景色は、また、なんといふ錯誤なんだ。それは、うそ寒い、それこそねぶか流るゝばかりの冬の川濠の景色なのだ。曇つてゐて、悲しくて、どこか粉雪でもチラチラとふつてゐさうなのだ。

ふたりは、その住ふ土管の右と左に、等分に、相反する季節を持つてゐることにスッカリ当惑して了《しま》つた。

一方の出口には恋の享楽があり、一方の出口は、恋の放浪であつて、彼らの恋の右と左にも等分に、この相反する二つの季節を眺めつつゆかねばならないのではあるが……。

# 秋の女

小さな蠅が、消硝子《くもりがらす》の窓の北陽《きたび》で、脚を揉んでゐた。

け遠い金網の影が落ちた卓《テーブル》により、男は、純白な仕事服姿で、蠟模型《らふざいく》の発疹した女性の○○を彩色してゐた。石膏の型の壊れたのと、その破片が、乱雑に、木の床《ゆか》のうへにちらばつてゐた。


陳列棚には、沢山な手、足、顔、肋骨のあらはれた胸部や、背中など、身体の断片や、皮膚の一部分が、紅斑《こうはん》に蔽《おほ》はれたり、潰瘍《くわいやう》したり、腫瘤《こぶ》をくつつけたりして並べてある。

それらが、ガラス越しに、殊《こと》にも鮮かで、悲しい。

秋の白い室に幽閉されて男は、毎日この壊滅の表象《シンボル》と一緒に、暮してゐたのだ。

『美しいな!……』

と彼の敏感な心がながめた。

『潰瘍の局部ほどめざましい美観《ながめ》はない。それが、人人の神経《こゝろ》を、壊亡の不安で痛めない限りはである。何故となれば、彼ら微細なものの仕事も、根本に於いて皆正当だからである。』

男は、さう云つた、恐らくは正しい観念にまで到達して、この異常なモデルを取りあつかつてゐた。

発疹は、初期黴毒疹である。充血した○の内部の、豆子《まめ》ほどの瘡口を、彼は、卵白色に塗つてゐた。カタツと筆を擱《お》いた。鬱屈した疲労を、長い、長い伸びにして、身体をうしろへ、椅子の倚懸《よりかゝり》を、大方半直角になるほど押した。たつた一人きりだ。彼は、パツパと煙草をふかした。

××病院附属標本製作室は、空《むな》しい青春の流謫《るたく》であつた。男は、そして頭のなか丈《だけ》で恋を考へてゐる青年の一人だつた。

……………………。

窓を開いた。金色《きんいろ》の葉が、騒擾《さうぜう》して一どきに、走つた。

『秋は、先天皮膚結核のやうに清い』

と、彼は、考へた。

男は貧乏だつた。だから、男は恋をした。女は、貧乏だつた。だから、女は恋をしなかつたといふのと同じやうなものだ。男は、種々な過程を過ぎて、女と一緒に、散歩するところまで漕ぎつけた。恋の一番企《くはだて》多い時機だ。こゝろづかひな時機だ。

それと同時に、彼のこゝろのうちには、彼の現在のしごとが、彼らの恋にも、悪い影響をしはしないかといふ危惧がはじまつた。だが、その危惧は、危惧だけには終らなかつた。

彼の恋が、そのためどんなに不幸になつても、しかし、尋常でない感覚が彼の心を痛め彼の純真を封鎖したと考へるのは当らない。

むしろ、この恐ろしいまで現実性《リアリティ》をもつた感覚が、甘美な恋を陶酔するには、審美眼をあまり、根本的な対象にまで、おしすゝめすぎてしまつた……さうした悲哀とでもいふべきであらう。

二人は、邂逅《ランデブー》をした、××病院裏の淋しい小路で、墓地の鉄扉に添うて、公園の噴水かれた池の畔《ほとり》で、風と木の葉の音許《ばかり》をきいた。二人は、肩を押付けながら歩いた。男は、女の横顔を偸視《とうし》して
『この雪白な皮膚が解体しはじめたら、どんなに美しいであらう？……』

と考へた。

女の右の頬をみて歩いてゐる時には、反対の左側の白い襟首に、拇指《おやゆび》の入るほどの瘡穴《かさあな》が、暗くポツコリと開《あ》いてゐる。左の頬をみてあるいてゐる時には、反対に、右の方の襟

首に、それがある。……さうした仮想が、彼の恋を大変に悲壮なものにし、彼の感情を純潔なものにしていつた。

男は、わななきながら女の冷い手を握つた。

騒々しい枯竹の中で、網糸に釣られた黄ろい幼虫《むし》が、クルクルとまはつてゐた。竹の斜影《かげ》で、女の顔が、透くやうに美しくみえた。

男は、歔欷《すすりな》いた。女も、真似をして、キラキラ光る涙粒を睫毛《まつげ》の尖《さき》に宿した。

二人は、そこで、最初の接吻をした。

『人生の魅惑《チヤーム》が自分には深刻過ぎるのだ。形而下の物性ほど、それが深い。形而上の力が、それを制御できなくなりはしないかと思はれて、不安になる。あらゆるMoral《モラル》の権限をたよらねばゐられない。そして、そして……』

××病院裏の広場は枯葉で一杯だ。水蠟《いぼた》の樹がずつと並んでゐる下を、男の背中が、毎日毎日、コツコツ歩いてゐた。彼には一つの思考《かんがへ》があつたから、その思考が絶体絶命なものであつたから、彼にむかつて他人《ひと》も皆、うしろ向《むき》だつた。

『忍従の微笑、それほど美しいものはない。あの女《ひと》を一目みたとき、すぐ、さう感じた。あの女の身体の、表にみえない一部分が腐爛しかかつてゐる。腐れてゆきながら、あの女は、他《ひと》に淋しくほゝ笑む。女の身体がすつかりみたい。だが、だが、怖ろしい……』

全身的な発疹が、女の裸体をとりまいて、それが、神々《かうがう》しいほど聖《きよ》く、美しい。さうした女の姿ばかりが、彼の心にうかんできて、悲愁《かなしみ》と、憧憬に悩み乱れた。

『おゝ、わが疾患あるマドンナ!』


この世がすべて、木の葉の雨だつた。いやその日は、木の葉の大嵐であつた。

標本製作室の窓の北陽《きたび》は、よけいに衰亡的だ。扉《ドア》が開いた。女があらはれた。——この部屋へ女を招んだのははじめてであつた。——が、女は、ハツと躊躇《ためら》つた。

室内にも大きな感情の嵐がうづくまつてゐたからだ。

すなはち、男が、女をこの部屋に招ぶことは、女との別離をたゞちに意味してゐると信じきつてゐたので、男の表情筋も、あらゆる苦艱《くかん》のあとで歪んでゐたのだ。

この室のゾーンのやうな空気と、陳列棚の異常な蠟型の潰瘍の、光線《ひかり》の加減で極度に花やかな彩色にみえるそのなかで、女の当惑した顔が、一番美しくみえた。

男は、心の弱いもののとりつめた、狂気のやうな剣幕で、女に命令した。

女は、人形のやうに、その通りになつた。第一に、女の大きな彫刻《ほり》の細かい束髪櫛が、床板のうへへ音を立てて落ちた。それから、ほそい金属の鎖のやうに重い羽織が肩をぬげて辷り落ちた。帯が崩れた。細紐が女のわきの下を走つた。伊達巻が、裾の方へまきついてさがつた。男は、それらの順序を、目も放さず、息もしないで凝視してゐた。汚れた繃《はう》帯《たい》や、血うみのついた軟膏をはがすときのやうに、女から一つ一つ、余計なものがとれてゆくのを……。

そして、最後に現はれるのは美しい腐爛体だ。男は、いきなり、飛びかかつて行つてその腐爛のなかへ鼻を突込んで接吻をしてやりたいと思つてゐた。動悸丈《だけ》は激しい。額には冷い汗が流れてゐた。

襦袢があくと乳房が飛出した。それから、全身が一ぺんに、あらはれた。素晴しい開花だ。くちやくになつた美しいぬきがらのなかに突立つたその裸体は、しかし、あたたかい一個の裸体であつた。幸福さうなうす桃色の若い肉体だつた。搔傷一つすらない。磨擦傷一つついてゐない。どこも、かしこも、つぎ目のないすべくした一つの皮膚で蔽はれた健康な肉体であつた。

完全な皮膚には、生気はある。が、精神《スピリット》がない。健康な身体には動物的ないけない誘惑ばかりがみちみちてゐる。

男は、その裸体、かゞやくばかりにみえるその裸体のどこをみても、荒々しくて、自分のやうな人間には親しみきれないやうな弾力面の、『拒絶』ばかりがあつた。

――男が、しかし、変態感覚所有者であると考へては、誤解である。彼には健康な信条がある……それがこれなのだ。即ち、彼は、もつと傷められた者同士の魂でなければ救はれないほどの弱々しい魂をもつてゐたがためだ。

彼は、もう、石膏屑の粉がちらばつてゐる卓のうへに顔をつつ伏したまゝ、ひとりでしやくりあげてゐた。女は微動することもできなかつた。

『おかへり下さい。おかへり下さい。もう沢山です。着物をきてどうぞ去《い》つて下さい。私のものぢやない。私のものぢやない……。あなたはもつと立派な方です。ずつと、立派なんです……』

男は、叫びながら彼女をみるともしないで手先丈を振つてゐた。

消硝子の窓外は、木の葉の嵐だつた。

『鱶沈む』より

# 渦

上海は一つのかくはん機だ。
ひきずりこまれた人間どもは混血《ハフカース》となる
上海は箪笥のやうに片づいてない。
死さへも雑居してゐる、おれたちと。
上海で貞操を立て通すことのむづかしさ。
まづ貞操といふ意味がないのだから。
それかといつて諸君、上海を異常なところとおもつたらまちがひだ。

少々ほこりがひどいだけで
怠屈なところにかはりがない。

馬券をかふために金のほしいやつと
金がほしいために馬券を買ふやつとの
半分づつの住居なのだ。

良心よりも面子が　いや面子よりも
落魄《おちぶ》れた良心がさまよつてゐるところ。

青葱色の鼠どもが商談したり
街角にうづたかくたかつたりするところ。

銅貨四十八枚が二角《リャンコヤン》で、十二角が一弗《ドル》になり
銅貨二百八十八枚が一元になるところ。

その銅貨よりも汚れて夥《おびただ》しくて
苦力《クーリー》どもが氾濫してひもじ腹をいだくところ

苦力どものはなや唾、痰でよごれてゐるところ
苦力どもの粥のゆげで船渠《せんきょ》がきえてゆくところ。

糞碼《ふんめ》頭《とう》の笘舟のうへにのつてゐる
鉢の葱坊主。

さびた鉄条網、そのなかにわんわんなく蚊。
あけがたの雨、路ばたにぬれてゐる死骸。
それは魯《ろ》迅《じん》かもしれない。

欧陽予倩《おうやうよせん》かもしれない。
ひよつとしたら田漢《でんかん》ぢやないか。

死なねばならぬ筈はなくても
人は死なぬとはかぎらぬといふ事実。
上海は、その事実のまゝを荒つぽく

人の目のまへに放り出す。

あゝ渦の渦たる都上海。
強力にまきこめ、しぼり、投出す、
しかしその大小無数の渦もやうは
他でもない。世界から計上された
無数の質問とその答だ。

『路傍の愛人』より

# 散歩

監獄の高い煉瓦塀のうへを、深夜、私はすつ裸であるく。
肉根は反りかへつて天をたゝく。

塀の右には自由。
左は、鉄鎖と錠《ぢやう》。
危つかしいばらんすで、弥次郎兵衛のやうに両手をあげて平均をとりながら、
どちらの世界をも目のしたに見下して。

私は、法網をくゞりました。
禁制の痲薬をうりかひして

あぶない橋をわたつてる間に
多くの人間をだめにしました。
油断のない連中の隙をみて、
私は盗みました。盗んで質入れし
利慾や、名誉で人を釣り
だましたお金で遊蕩しました。
純潔ももてあそびました。
私はわるい人間ですのに、人は、
誰も気がつかない、知らないのです。

夜なかの太陽に私は、相談をかける。
寝ずの番の塔に顎をのせて、
黒い太陽が、私にいふ
——無罪だよ。

煉瓦塀のうへで私は、短いしつぽを振り、白い歯をむき、身構へて、もつとましな所業、絨毯に乗つて翔ばうとおもふ。バグダッドへ！

## 小篇

女を抱いてゐると、女の血が私へ、私の血が海へ流れる。
黒髪を敷いて眠ると、私たちは大洋へつれ出される。
あゝ夜。夜はどこへいつても潮鳴《しほな》りがついてくる。

# 小姐《チヨーチー》

月――やにで黄ろくなつた老人の爪。
荒廃したねり塀つゞきに
きりぬき画の甍《いらか》の蛟《みづち》……。

竹の先のまるい提灯《ちやうちん》を、闇《くら》い軒にともせ。
ながれも死に、変幻な家と家とのよりあふ姿が怪物のやうに、
くさつた濠水にうつつて動かない。

やれやれな窓を開け。のがれゆく阿片の煙。
人形のやうに抱かれて、小さな指をそらせて、やきものの耳環《みみわ》をゆする、女よ。
………わしは、おまへのところへくるために、さまざまなものを捨ててきたんだよ。
わづかな資産も、国籍も、友情も、商売のうへの信用も。新妻さへも。

家家戸戸点紅燈、外家丈夫大団欒。
さあ、この膝のうへで、花弁のやうな唇で、
泣くやうな声で歌つておくれ。
小さな刺繡をした繻子《しゆす》靴で、
瀬戸物の床をかるくたゝきながら。

『老薔薇園』（全）

# 廃園

園は廃れた。

踏み入る小径《こみち》もなくなつた。冬陽のしたで生きはびこつたまま枯れた雑草は、こはれた自転車を積みあげたやうだ。青空は、いたづらにどぎどぎして、ゐなかの床屋の鏡のやうに、ゆがんだ顔しかうつしさうにない。

私の指がふれないうちに、薊《あざみ》たんぽぽの白い綿毛《わたげ》を、風がさらつて、煙のやうにふはふはととばせる。花台のうへにのつた一個のされかうべ。血のさびついたまゝの剃刀もある。神経病の茎にからくもすがりついた、くすりいろの枯葉がわななく。からからと、あるくたび足にひきずる葎《むぐら》が音を立て、私がふみこんでゆく方に、すかんぽや、藪虱《やぶじらみ》、をどりこ草など、かたち丈《だけ》をそつくり止めた、がらん洞な空骸《なきがら》が、痲痺《まひ》、放心の状態で、身じろぎもせず立はだかつてゐる。

もうそろそろ私も三十歳。運命に対して抗《あら》がつてみても、所詮は抗ひきれぬとみたのは、枯草のなかにうつる我影のレントゲンが、いかに曲りねぢくれ、救ひやうもないかを知ればこそだ。籠のなかに死んでゐるきりぎりすのやうに、私の肋骨にすがりついて、かじかんでゐる私の肺。つまり、それが私の一生の辻占なのだ。

前歯が一つ、虫くひで私の掌のうへにころりと落ちた。私は、それを投げた。私は、私から、それだけを先《ま》づ、自然に返上し、くれてやつたのだ。

## 煙突

憂鬱なかぎりだ。この生壁いろの曇天《どんてん》は、あるかなしかの雨の銀線にひやりとふれるとき、人も、風景も、泣き出したいのをじつと耐へてゐるやうだ。うすよごれた窓硝子も、割石の一つ一つも、坊主の立木も、甍《いらか》も、樋《とひ》も、我慢の一線で歯を喰ひしばつてゐる。

人間生活なんて、みじめなものさ。赤茶けた一つかみの髪。臍の緒包み。——証拠になるものはそれだけだ。ここらは、工場地帯で人間を酷使する怪物の、しろつぽけた工場倉庫や、鋸屋根がつづき、油や薬品のながれこむにごつた溝に、そのすがたを落し込む。

林立する煙突。その一つ一つからにじみ出る煤煙《ばいえん》が、いともはかない人間の訴へと、哀傷の情を空へつないでゐるかにみえる。

近々と寄つて耳をすませば、煤煙は、鳶《とび》いろつぽい大きな塊《かたま》りをなして、しづかな爆音を立てながら、煙突の口からもくもくと吐き出される。まるで烏賊《いか》が墨を吐くやうだ。遠くなるに従つて、やゝうすく、うごき、流れ、淡墨色《うすずみいろ》の虚空にとけ込み、猶《なほ》、遠ざかれば、菫青《きんせい》がかり、白つぽけ、それを吐く煙突も、ものゝ影のつらなりとなつて煙はおなじ方向に、うごかぬ一すぢの糸のやうにかゝつてゐるばかりだ。

どんな意味があるのだらう。鼠いろの空に融合《とけあ》ふ無差別の愛なのか？　被搾取者の不断の愁訴《しうそ》か。疲れ、へとへとになつたものの無に対する願望なのか？　なんとなく悪意にみちた、このおどけた喫煙者達は、人間が人間を嘲弄《てうろう》するシンボルとして、諷刺的にゑがかれた肖像画ではないか？

# 晩秋

そのへんに、ものの霊がうようよゐる。そんな季節、晩秋のころ。

霊どもは、すゝりなき、思ひしづみ、詠歎し、時には腹立たしく舌打ちし、無理につかみ去られる衣《きぬ》ずれをのこし、釘にひつかかつてびりゝと裂け、そのまゝ走りすぎてしまふ。この季節にものの影はこまやかに交錯《かうさく》し、だが、鮮明で、覚醒的で、どんな小さいふるへもうつりあひ、数学的な正確さで、運命は計上され、どこにも、答ばかりがはつきりとあらはれてゐる。

私は落葉の林をゆく、傾きかかつた季節の重さにえ耐へず、生命の中心から力が外《はづ》れ、衰頽《すいたい》するありさまを、沈黙のふかさのなかで、失神するばかりの感動で、互ひにききほれてゐる。一枚の枯葉が梢をはなれる音、一羽の鶫《つぐみ》が枝をかすめるときの声にならぬ声 m-voix を、詩人たちは取材することを好んだものだ。

自然は大法院だ。厳粛な法文がよみあげられる。空のはてを切る雪嶺《せつれい》の襞《ひだ》に、人は、法典の威厳をのぞむだらう。我々の心を貫く冷厳が、うつろひやすい肉身の仮の愛著《あいちやく》をそそぎ去り、我々の叡智はめざめて、運命のはてに必ずある死のことをさとり、自然にすがるすべての死のやさしい身ぶりに、あはれみつつも心ひかれるだらう。

ああ、しかし林や山並みを硝子のやうにあかるくする一時《いつとき》の栄の秋日も、衰耗《すいかう》をつづけ、はやくも自然の片すみに貧しい炭火をのこすだけのさむざむとした冬の風物へといそぐ。光はやつれた、痛風や、喘息や、あらゆる老年の衰へとやまひがこの世をみたし、生きのこつたものの苦難のしるしが現れる。秋がふり落した残骸はかき集められ、堆高《うづたか》く積まれ、幾度かの長雨に腐蝕し、道のくぼみにたまり、池の水を蔽《おほ》ふ。待つものは、霙《みぞれ》だ。雪の粉だ。丘も、髪うすい疎林も、まぐさ小舎《ごや》も、赤屋根も、ムーランも、わらによも、それを待つてゐる。そして、霜枯れの黄ろい焦草の道を一脚でとんでゐる鴉たち。鴉は、立止つて私をふりむきもせず小首をかしげ〝考へたらどうだい〟とでも言つてゐるやうだ。

# 春宵

親からゆづられたすこしばかりの資産のあつた私は、若い日を誰よりも所在なくすごし、金で手に入るものの従順さに倦《う》みはててゐた。

時計の蒐集《しうしふ》。——それもその一つで、書斎の隣りの一室は、壁も机も所狭く、その蒐集物でうづまつてゐた。王朝風な金のエンゼルのゐる置時計、鳩時計、唱歌時計、オルゴール、清朝の琺瑯《はふらう》時計、古代の水時計、自鳴鐘《じめいしよう》、時間がくると門がひらいて男女の人形が四五人現はれ、音楽につれて一めぐりをどると元の門から入るといふ精巧なぜんまい仕掛。

このおぼろめく春の宵、窓ガラスはしつとりと蒸気でぬれて、霧のなかで呼吸迫つてゆく花壇の花花がのぞかれる。私が、部屋の椅子に坐つてじつとしてゐると、たえまない小さい針のせはしげな進行、けだるい振子の音、虫にも似た時計のうごきが交錯し、あとを追ひかけ、混乱し、時ならない時に、けたたましくめざめた目ざましが鳴り、鳩が十一時をしらせると、間もなく柱で七時がうつ。三時をしらせる甲高《かんだか》いベルが鳴れば、いつのまにか、九時をしらせる音楽がはじまる。さうだ、いつからか、この時計たちの時間を合せておかないで、止まつたものから次々にぜんまいをまいておいたので、各自の個性に従つてこんな収拾のつかない事態をまねいてしまつたのだ。

刻々にうつる私の青春は、みごとはぐらかされて、春の夜にふさはしく私は、狂人にしてはじめて可能な、『時間』からの解放を味はふことができた。そして、ただ一つ私にとつて得るところと言へば、かの阿片、アルコールの痲痺《まひ》にも似て、心にひそんでくすぶりつづけてゐたAmourの偏執を忘れることができたことだ。

## 雪どけ

雪どけはまぶしい、七彩のプリズム。つららをならべ、宝石をつらね、たえまなく軒は点滴し、くろぐろと積つてずりおちる雪は、屋根の勾配を辷つて、ときどき、づ、づ、づ、づ、ドシーンといふ、あたりを震動する音を立てる。――窓からみる郊外のぬかるみ、鳶色の檜葉籬《ひばがき》に斑《まだ》らにたまつた雪の団々。だが、風景全体は、陽炎のために揺らめき、冷徹で、劃然《くわくぜん》として、彼の鼻腔《びかう》はつきんつきんといたむ。ハンカチーフをあてると、血の花が散る。彼は、そのとき荘厳な雪解のなかに、歓声をきいた。彼以外の世界の男女の恋するさざめきが、彼を揶揄し、唄ひ、相たづさへて、彼一人をだしぬいてどこかへ飛去つてゆくときの声だ。

去年の雪、今はたいづこ、とうたつたフランス中世の詩人は、女たちの肉体の大降雪が陽に照らされ、雨に流されて、どこへ消えてゆくかわからない、蕩尽《たうじん》のあまりのはげしさに正に彼とおなじおもひをしたことであらうか。

男よ。女よ。ただちに絶滅せよ。さもなくば、人類の最終まで、私の桟敷席をとつておいてくれ！　と彼は叫ぶ。

冬の洋燈《ランプ》を吊つた、ルリ空の祭典、さかんな雪解をながめながら、彼の頭は、木の実のやうにまつくらに透いて、しばしば、光耀にしびれてゐた。

……………………

縁側に出してあつた籐椅子から、彼は立上つて、かた〳〵音をさせながら、ガラス窓をあけた。秋のコスモスの残骸が束なして倒れかかつてゐる疎《まば》らな竹垣越し、ぬかるみ道のむかうには、焦げちゞれた杉木立が並んでゐた。小卓の更紗のうへの花瓶をもつていつて、くさつた水を雪のうへにあけた。雀の群がチュン、チュンと囀《さへづ》つては、バラバラと飛立つ、壁にかゝつた猟銃をふりかへり、彼はそれを外して、革袋からとり出した。銀光の走る銃身。皮膚はジンジャエールのやうに粒立つ。すぐ台尻を肩へあてて雀にむかつて照準を定める。

そのとき、彼の耳近くに、くすぐるやうなさゝやきがきこえた。彼は、はつとしてすこしからだを退き、戸袋のかげから、銃は照準の姿勢のまゝで、注意を声の方に集注する。彼の目の前のぬかるみ道を、恋人にしなだれかかつた、若い婦人が、男の肩を支へに、泥の下駄をひきぬいてはあるいてゐた。泥のふかさに立ちすくんだ二人は、あたりをみてからそのまま抱きあつて、唇と唇をぴつたり合せた。彼の目をゐぐりとつてすてるやうな痛さで、それが、焼きついた。つやのいゝニス塗の台尻がぐつと彼の肩に喰ひ込み、銃口から、みじかい火筒が走つた。冬の晴天の午後の大気を、平手打ちして反響がかへり、銃弾は女の胸を貫いた。女はぐつたりとくづれて、泥に膝をついた。若者は、恐怖と失神で棒立ちになつて、奇妙な、笑ひだしさうな表情をつづけてゐた。その男の胸先に、第二発の銃口がぴたりとくつついた。

――素敵だ。

彼の気持は、それでおちついた。そしてねらひをつけたままで、指にはさんだ煙草の灰を皿に落して口にくはへ直し、革帯につりさげた弾丸をかぞへた。

奪ひとられた人生を、復讐によつて差引することが出来ると知ると、彼の心はいよいよ生気を取戻した。

人生の愛しかたには、この男のやうなこらへ性のないやりかたもある。

## 鏡

鯡《にしん》のやうな赤い目をして、石菖《せきしやう》の植木鉢を頭にのせたやうに、髪は八方に散乱してゐる。顔ぢやあねえ。神経の巣だ。血管はこめかみにむくむくと怒張して、猜疑、嫉妬、卑屈など、あらゆるいやしさが、この表情を引つぱりあふ。

いくらあひてが鏡でも、こんなものをうつすのは全く気が退《ひ》ける。だが、時たまにはしかたがない。おつきあひに私はのぞき込む。それが私の顔なのだから。

それに、私たちの住んでゐる、この大都会は、正に、大仕掛な鏡廊なのだから。

かへすがへすもみじめで、痛ましい我姿が、街の鏡添ひに私の心といつしよにあるいてゐる。すると、ゆくてから一人寄つてくるものがある。みるとそれも私だ。又別の方向からも、私があるいてくる。三人は、てれくささうに瞳を避けてすれちがふ。また、ある時は、五六人の私が一どきに顔をぶつつけてしまふことがある。さまぐ\な角度のガラス板に、それぞれ私が一人づつゐて……町角で待伏せしてゐたのだ。押扉でくるりと回つて、胸をつき合せることもあるが、花の萎れるやうにどこかへ折込まれ、辷りながら外れて、消えてゆくのだ。

ああ、しかし、たくさんな私がそれぞれに抱いてゐる憂愁な魂は、はたして共通点があるのかどうか。もし彼らが各自別箇の感情を抱いて、勝手な場所で、勝手にふるまつてゐるとしたら。そして、彼らからみれば、私自身が影像の一こまにすぎないとしたら。私は、すこしも自信がない。ただ観察出来たことといつたら、この幻影たちが私と同様、日に、月に、憔悴《せうすい》の度を加へてゆくことだつた。

いつの日か、その幻影の一人に死がおとづれるとしたら（まぬかれないことなのだが）。最初のくじをひいたのが、この私自身であつた場合——この不運な現状から逸脱して、すこしでも早く安息をうる唯一のてだてがそれなのだが——百、千の私の幻影、私から考へたとき、実体を失つたあの亡霊たちは、なにか心の空虚にそはそはしながら、都市の鏡廊のなかをあてどもしらずうろつき回るだらうと思へば、そのことだけは愉快でならないのだ。

## 都会

中世及び復興期の建築は、自然の模倣、あるひはそれとの調和、装飾を目的とした美であるのにくらべて、近代の様式は、まつたく資材のオリジンの調和と、功用の偶然性が組合さつた魅力にほかならないとおもふ。

蒼空や、森や、丘陵の起伏と調和する葉飾や軒蛇腹《のきじやばら》、ゴチックの大迫持《せりもち》、ロココの繊細に対比して、今日の建築はより純粋に数学的であり、非人間的で、直線の流れ、面のひろがりと、その交錯が、人間の常識をのり越えて無限への誘惑をそそるのである。だが、人間は、過大と過小の自己錯乱〝文明の需用〟といふ裂罅《れつか》から、巨魔めいた建物と、それが背負つてゐる〝巨魔の精神〟を同時に招きよせてしまつた。もはや、私たちの生活と名づけるものは、この巨魔の胎をくぐり、背すぢをよぢのぼることに終始してゐる有様である。

ひたすら上へ、上へと建物はのぼつてゆき、ふたたび下へ、下へ、地殻を割り裂いて、地の闇にまで下つてゆく。

花崗岩の壁は天涯にそばだち、海青のガラス窓は、巨魔の百の眼のやうに横列を作つて並ぶ。窓は二乗され、三乗され、くらい煤黒の雲裏に没してゆくかとみれば、角度を変へてバラリと旋回し、濛濛たる白靄《もや》の底にしづんでゆく。

もはや、天もなく、地もない。世界は根もない宙宇に釣られ、A建物の第百層と、Bビルの第九十層の横腹がすれすれにむかひあひ、C摩天の第百十層の側面が辷り込み、三つの建物から視線が、いみじくも出会ふ。おなじ世代に生れ合せた親近さと、ゆきずりのはかなさで、その瞳はほゝゑみあふ。又は、無情にそらせあふ。朝まだきには、蒸気はものうい朱色を帯び、くれ方には、建物の一斜面のガラスが、屈折する光線で青鰯に照り、寸刻に傾斜面の窓が悉《ことごと》くかげる。

私は、その一つの窓から首を出す。対面の窓までは二メートル、手をのばしあへば、つなげさうだ。が、下を見下すと、おもはずくらくらと目まひがする。空中で出あつた三つの大気球か、あるひは三隻の艨艟《もうどう》が鼻つき合せたやうで、各自を隔てる虚落のふかさはおもふ丈《だけ》でも背すぢに泡がたまる。

ふと、目をあげて上方をみた。私は思はず、あ、と息をのむ。はるか上層の窓の一つから前面の窓に板橋をかけ、人がわたつてゐる。豆人形程にみえるその人は二人で、なんと、おとしあひをやつてゐるではないか。狂気の沙汰。錯乱でなければ恋人をとられた雪辱でもあるか、名誉のあかしか、だが、すぐ、さうした悲劇的な決算などではなく、ひづんだ精神の都市人たちが、倦怠をしのぐ一手段に命をかけてねむ気ざましをしてゐるのだとわかつた。その証拠に、どこの窓からも、男、女が首をつき出して、ハンカチーフを振り、口笛をふき、熱狂的な拍手喝采を送つてゐる。

私が目を蔽ふひまもなく中心を失つた二人が足をふみすべらし、物凄い速力で私の目の前をおちていつた。生命も亦《また》、ごみ屑の如し。興奮の絶頂。長靴や、ステッキや、帽子や、女の下裳《したも》など、ひいきのはなの数々が、雨になつてふりかゝつてくる。

同時に、板橋には、緋の幕がするするとひかれ、さらにセンセーションをそゝるべく、明日の番組がメガフォンで吹聴される。

——あすは映画の明星S嬢と、F嬢二人の人気花形が、八百長なしのフェンシング、妙技を競ふ真剣勝負、特におなぐさみを添へまして、花恥かしい両選手は、一糸まとはぬ裸体にてつとめさせます。

## 骨

ふたりが抱きあつたとき、唇と唇がひらいて、歯と歯がかちりとふれた。

——骨だ。

と、彼はおもつた。肩を抱く手のひらのしたで、肩胛骨《けんかふこつ》の扁《ひら》たさがあつた。腰を抱くと腰骨の尖りにさはつた。

骨までとどく感覚に、〝月日の蕩尽〟がうすぐらい虚落をのぞかせる。

彼には、この恋がうらさびしくてたまらないものになつた。

だが、彼は、彼女を愛してゐたので、さびしさをふかくかくした。いつしよに歩いてゐるうちぢゆう、体臭でもなく、化粧料のにほひでもない、遠方の方からくるあるほのかなにほひが、かへつて、彼女のかたちからくるものを決定して、彼女から発散するやうな錯覚を感じさせた。そのにほひはひどく厭世的で、彼の肺や、脳ずゐのすみまでしみこんではなれない。漂流のにほひだつた。

それは、ことによると、彼自身から発散するのかもしれなかつた。

朝から夕ぐれ近いやうな空あひで、敷石はなまなましく濡れ、霧ともしぶきともつかないこまかい水滴の微塵があたりを閉して、広告燈がとりこめられ、昼も煌々《くわうくわう》ともつてゐた。二人は外套も帽子もびつしよりぬれて、互ひの赤裸がその下でひくひく息づいてゐるのがわかつた。

だが、ふたりはさつきから、ある一寸《ちよつと》した言葉のゆきちがひから不機嫌になり、どうしたらあひてにこちらの不機嫌をしらせ、こつぴどい衝撃を与へてやることができるだらうかと、うかがつてゐるのだつた。公園の横だつた。鉄の鎗《やり》が、空の灰色を痛さうにつつつき、朱と黄の枯葉が梢にぶらさがつて、はなれるしほを待つてゐた。敷石に、ふたりの姿がうつつてすぎる。そのうち、二人は、互ひにあひての存在を忘れるほど、黙りこくつてしまふ。どこまでいつてもはなれない臭ひ。運命をこじらせてまでも、人間を遠くへつれていつて返すまいとする臭ひ……そのうち、夜がかぶさりかゝる。ずぶぬれな黒羅紗。恋人同士は、ふるへる。人間は、あつためあふやうに生れついた動物なので、石垣を背にしたくらい町角で、ふたりは、わなわなしながら抱きあふよりほかしかたがなかつた。

——僕はやつぱり君を愛してゐた。

——私だつて。

にほひはふたりを抱いて渦を巻く。漂流は、すばらしいはやさで、ふたりの歴史をおしながす。

肉はとろけた。筋も、血管もぼろ〳〵になり、ふたりは、石灰質のごり〳〵する棍棒や、球のついたばちでくみあつてゐる。

——骨だ。

と、彼はおもつた。もはや、彼らの実体は骨以外にない。われわれの愛はこんなに永つゞきした、と骨はおもつた。そして骨は、まだつゞくのだと思ふ。

僕は、道をあるいてゐて、時々、かういふ恋人同士に出会ふと、わき見をして通りすぎることにしてゐる。あんまりおなじ答なので。

# 道路工事

灰の粉《こな》でも降るやうに、小雪がちらついて来さうな日。

機械油でぬらめくピストン奴《め》が、熱くなつて突込んでは、ふうふうと白い蒸気を吐く。山のやうなローラが、人でも、犬でもお煎餅にしてくれんずと、小砂利をぱちぱちはね返しひろい幅で、煮えくり返つたコールタールの路をならしてゆく。

路の傍らの鉄をけは、下から大きな薪でどしく\いぶされ、タールはぷすく\泡を立て、表面の焼けたゞれから、黄ろつぽい、くすぶつた煙を立てる。強い、欲望的なタールのにほひ。

葉をはらつた、寒さうな柳の古木と、タールをけとのあひだのわづかなすきまに、五分板の通路ができてゐて、通行人が危なつかしい足どりでわたつてゆく。大地獄小地獄でものぞく気になつて人々は、泡立つタールをのぞき込む。

朝鮮から出稼ぎの労働者達は、往来の奴なんかにおかまひなしだ。そんなものは目にとめず、をけをかき回したり、砂利を篩《ふるひ》でふるつたり、セメントを流したり、枕石をおいたりやつてゐる。

〝奴らをよびさませ〟

どこからか、そんな声がきこえてくる。通行人は気味悪さうに、汗くさい、馴らしにくいいきものゝそばをすりぬけては、ほつとする。だが、無神経な連中は、背なかの子を揺つたり、自転車を止めたりして、面白さうに見物してゐる。

〝奴らをさましてはならぬ〟

他の方角から、そんな声が私の耳にとどく。

さまされた時の彼らの、今日までながいあひだ抑圧されてゐたものが爆発し、怒りが天をとどろかせるのを私はきく。ほれ。危いそこをびらしやらと歩いてゐる奥さん。奴らは、見境ひなんかありませんよ。注意する暇もなく彼らは、女におそひかかり、曳きずつてその足首に荒縄を巻きつけ、そのはしを起重機にむすびつけ、中天たかく逆さにつりあげる。カタカタ、カタカタと乾いた声で笑ふ起重機。衣裳はめくれ、……臍までみえる。下からは拍手、喝采。……やがて、起重機は下りてきて、煮えたタールのなかに、女の頭からずぶりと突込む。青い煙と、黒い煙、むくむくとあがる膠《にかは》の臭ひ……白い足袋をはいた足首だけがみえてゐる。

おつとつとつ。そんなにあわてなさんな。連中はまだ、盲目ですよ。それに、鬼でもない。蛇でもない。安心してお通りなさい。まだまだ彼らの頭を、土足で踏んだつて怒りやしません。それ程、卑屈がしみこんでゐますから。

## 武装

うまれつき武装をしてゐるいきものがある。全身に銭のやうな甲を重ねる穿山甲《せんざんかふ》、アルマジロの類。鰐、亀甲、えび、蟹から、兜虫にいたるまで、身をよろふものは、心もよろうてゐるのだ。よろふことは、並外れた貪慾か、臆病のはじまりなのだ。

それにしても武士道華やかな時代、男たちの晴衣に、床にかざつた鎧びつ一領にしくものはなかつた。伝奇作者の変質な趣味からは、いかめしい武具のしたに、花羞《はなはづ》かしいたをやめの姿を忍びこませるに勝るものはない。

旗じるしの白ゆりの花のもと、白銀の鎧をきて、馬上姿のジャン・ダルク。汗馬にむちうつ木蘭従軍、双剣をふつて舞ふ凄艶《せいえん》な舞妓たち。……どこにもとりえのない平凡な娼婦たちも、武装してみればなんとなく、近づきがたい威厳がおのづから備はる。

舞台姿に迷つてはいけない。女たちの演ずる役柄を、女じしんだとまちがへてはならない。衣裳につれて、心までもすつかり別ものになる。移りやすいカメレオンの女心に要心せよ。女ほど、おもひをひそめ、武装の効果を計算して、心臓をたゞ一突きとねらつてゐる怖るべき手だれはよそにない。スパンコールの晴衣裳。革むちを手の乗馬姿、愛と虚栄を七分三分に、冒険の血の気をたゞよはせながら、彼女ら、同性の競争者同士つめよつての息もつげない鍔《つば》ぜりあひ。

あの柔軟で、弱々しいからだをまもるためにこそ、武装は、ほんたうに役立つのだ。武装こそ、人に誇を与へ、十倍の人生に立ちむかふ勇気をさづけるとともに、敗北にも、死にも、意義あらしめるものなのだ。

# うれひの花

うれひの花。その花の名をしらないので、私はさう名づけた。徽のやうなにほひのする、白つぽけたその花は、南京の花瓶にさされ、煖炉《だんろ》の台にのせられ、夕ぐれ近いうす闇の室内に、定かならぬうれはしさを震盪《しんたう》させてゐる。ブェルメール・ドゥ・デルフトの画く、糊のつよいレースの頭巾をかぶつた夫人が、窓際のあかりで、手紙をよんでゐる。

私の耳には、紡車の音がきこえる。くもり日のロッテルダムの窓外に並ぶ帆船の、帆綱を繰る小さな滑車のかわいた音が、海に出てゆく人のものういおもひをはこんでくる。夫人もその手紙のなかに、そのおもひをよんでゐる。

うれひの花、その花は実在しない。私が、ブェルメールのタブローのなかでみて、記憶したのが、こころの片隅でいま猶、咲いてゐるだけだ。うれひの花のかざられた、うれひの室内、うれひの絨毯、うれひの地球儀、うれひの陰影、うれひの日々、……あのタブローの室内が、いちばんこの体質にあつてゐるやうだ。

ブェルメールが開いた、ブェルメールの時代の窓は、あのタブローがある限りのぞいてみることができるが、あゝ、しかし、私が入つてゆくことはできない。タブローのうしろから永世に見はつてゐるブェルメールの目があるので。

## 冬の雨

Dieghemといふブルッセル郊外の村の街道（chaussé d'Haecht）は、パン屋と、角の珈琲店の外、あいてゐる店はない。

割り石の鋪道《ほだう》が雨にぬれて、湖水の底を歩いてゐるやうに寒々しい。ささやかな広場。地主邸の鉄柵。疎らな林と、泥沼に浮く腹をかへした魚のやうな枯葉。正午近いといふこの時間に、まるで夕暮のやうな蕭々《せうせう》としたけしきだ。

だが、寺院《エグリス》へ曲る道の方から、から、から、からから、からといふにぎやかな物音がきこえてくる。入りみだれた木靴の音で、つづいて、燕のやうなおしやべりがきこえる。「教会小学校」の小学生たちが学校が退《ひ》けて、家へかへるのだつた。

尖つた外套の頭巾を左に、右にふり傾けながら、二人、三人づつ、うしろから来て、異国人の私を追ひ越してゆく。すれちがひにきまつたやうに一寸、私をふりむいて。

Qui est-il? J'sais pas!

そんな問答がきこえる。小さな鳶たちの黒い影が、鋪石《しきいし》にくらくうつる。

……私もこんなふうにして、学校へかよつた時代があつたつけ。その頃は、こんな異国人として、誰もしつた者のゐない道を、さびしい姿で一人歩かうなんておもつてもみなかつたのに。この子供のなかにもきつと一人ぐらゐ、私のやうな人間がゐて、侘《わび》しい東洋の町を一人であるくやうなことになるかもしれない。さう言へば、私は故国で、そんな西洋人をみて、子供心にふしぎな気がした記憶がある。

子供たちは去つてしまつた。おくれた一人が、木靴を引きずつてきた。その子は、急いでゐるので、私の方を注意する余裕がなく、ふりむきもせず追ひ越していつた。小さな頭巾と、小さな長靴——しよぼしよぼ雨のなかに、蒸気のやうな白い息を吐き出しながら。

# 漆器と和紙

ぬりものならば、津軽、若狭《わかさ》、根来《ねごろ》、輪島、黒胴塗り、小松摺り、つや消し、石目、抹《まつ》金鏤《きんる》、沈金《ちんきん》、青貝、卵殻《らんかく》など、数あるなかに、朱、黄、みどりなど塗りわけの、つやつやと、菜種の油か、蠟燭の柔らかい火にまたたくさまは、地下何代の人たちの夢そのまゝで、よろこびもあつた、かなしみもあつた、そしていまはむなしくなつた、遠い祖先の哀歓のさゞめきを、わが血の情念がかきたてる。

びんつけの伽羅《きやら》油や、梅花香《ばいくわかう》の、うば玉の夜にたとへるをとめらの黒髪にかざす差し櫛の高蒔絵《たかまきゑ》。小さな鈴がはひつてゐて、あるくにつれて鳴る塗り木履《ぼくり》。扇子の骨、揃ひの椀、重箱、ぬり盆、衣桁《いかう》、調度、職人たちが心をこめて、漆をけをかき、金銀泥《でい》をとかして、彩筆をふるつた頃がなつかしい。横笛でも、鼓でも、重籐《しげどう》の弓、笛籐《ふえどう》の弓、さては、手品の瀧五郎が手さばきあざやかに積みあげる玉手箱。源水の剣の切先をわたる曲独楽《きよくごま》でもいい。とつくりと手にとつて、漆の夢をしらべてみたまへ。

それから日本紙。……世界に知られた上質の紙は、かうぞやみつまたを、谷川のせゝらぎで漉いた強靱な、いふにいはれぬ底ふかさをもつたもの、東洋の人の肌の、植物的でしつとりとした、つげいろの仄明《ほのあか》るさに調和して、紙は、はじくことなく、心のすなほさのやうに墨をすひこんで、墨いろをほのぼのとぼかし、いかなるものよりもながく、千年ののちまでも、芸術を抱きまもることに耐へた。障子となつて光を調節し、雪見燈籠の田形の框《かまち》に、あかりをすかし、日本の夜をファンタスティックな陰影で、夢幻の邦におきかへた。

それになぜ、西洋などが入つてきたのだらう。焔《ほのほ》の舌をガラスの火屋《ほや》でかこんだ、石油の琥珀《こはく》をともす洋燈《ランプ》だけならばまだしものこと、青白いガス、アセチリン、アーク燈、さては、恥しらずな電燈などをもつてきてから、夜は、昼よりも一層醜く、かくさねばならぬすみずみまでが、残酷に人目にさらされ、はてしもしらず追立てられ、息せき喘ぐ無限の慾望とともに『西欧の不幸』が私たちにもたらされたのだ。そして、われわれにあれほど親しかつた心ゆかしい昔馴染のものは、羞しめられ、見すてられ、観るものもなくなつた。ぬりものの夢よ。紙にうつる灯影《ほかげ》よ。君らに誘はれてのみ姿をみせ、さゝやきかけて来たものどもは、この国の質朴《しつぼく》な精神とともに亡びたのだ。――それら、祭りの夜のかざりもの。山車《だし》、神輿《みこし》、天狗面、万燈《まんどう》、金屏風、舞扇、山霊も、水精も、この火のまたきのなかにこそ生きてゐたし、邦土の東、銚子灘から、西はあらをひまで、くさぐさの神話は生きてゐた。龍宮までの道もひらけてゐたし、筑紫の沖の不知火《しらぬひ》も、にぎやかにうたひつれて、この邦の夢やすかれと寿《ことほ》いでゐたものを……。

# 風流

だいぶ、ふるびがつきましたな。閑雅なお庭ぢや。愛宕苔《おたぎ》のこのおちつきは。巨匠レムブラントの黄金調の底ふかいパレットをおもはせますな。林泉のくににやらはれて、塵世《ぢんせい》から遠く来たやうで、あのなまなましい車輪や警笛も、草木の配置ところをえて自然と芸とが渾一《こんいつ》したここまでは、到底とゞきはせんぢやらう。しつつこくわしらについてくる『時間』なぞ、それほど問題ではごわせんて。光も、太陽からむげにそゝいでくる材料のまゝのものではない。植物と石の配置に融けあつて、天才相阿弥《そうあみ》風の偉大な調和にとりこめられ、ランプのやうに柔らかく、しつとりとあたりを浮き出させてをりますぢや。呼吸は、なるほど、わしらの生きてゐる証拠にはまちがひないが、これほどふか入りしてまゐると、命のない袖垣だとか、雪見燈籠、池の水までが、ぴつたりと息をよせて、お互ひの呼吸をはかり、あうんの消長で、この世界を支へあつてゐると申さうか。こゝでなら、いのちのながさなど忘れてくらせさうぢや。わびすけ椿のおちる音、水藻のあひだをくぐりあがつた水泡のはじける音、そんなさゝやかさにも、庭はすみ〴〵まで耳をすませ、離魂病のやうにみどりはさまよひ、花の精、水の精、立木の精が、本体とはなれて放心しあるいてゐるさまは、閑寂《かんじやく》といふよりも、滅相もなくにぎやかな、心ゆたかなうたげの席に招ばれて来たやうな心地ではある。

　青麻《あをそ》糸を剪《き》りそろへた五葉の松、なるほどよくも名をつけた貫休（五代の禅月大師）のゑがいた阿羅漢そのまゝの古怪《こくわい》な羅漢槙、貝殻苔で蔽《おほ》はれた古木の臥龍梅《ぐわりようばい》、蕊《しべ》ふさ〳〵の金糸梅、ことし竹の冴えた翡翠《ひすい》、どちらをむいても、お庭は、清艶、典雅、神韻、幽寂、あらゆる美の理想のシンボル。こんなところで、長寿を保てたら、法外に生きのびることも、さほど苦しうはござるまい。

食味《しよくみ》にもことかゝず、宗匠《そうしやう》の君とあがめられて、このむ華や茶に世を托《たく》して、閑寂の哲学を説き、自然の表情のうつり変りを十七字につゞめ、器を玩賞《ぐわんしやう》し、おのが辿りし道を型として、流儀を編み出し、生涯を終へた人たちがうらやましうござる。

いや、わしで無うて、誰でもうらやましいのが情であらう。かゝる人を風流人とよび、かゝる人のした生涯のわがまゝを〝風流〟といひならはし、金にせはしいわれら俗人はせめて一日の半刻でも、まねことの気持にならうといたすのぢやが。

## 夜

香墨を磨《す》りながしたにほひたかい夜。そのくらさといつたら、地上のどんなくらさもくらべものにならぬ。それは、日本の夜。

私は、どぶのにほひのする軒をしのぶやうにあるいてゐた。

庇《ひさし》と庇がせまりあつてるあひだから、小ぬか星がちらばつてゐたり、朧《おぼ》ろ月が出てゐたりしても、くらさにはすこしも変りがない。肩をすぼめ、雪駄《せった》の音をひきずつて、私は、女のもとにかよつてゆくのだつた。女たちのゐる小路は、わけてもくらく、路狭く、細い木格子のはまつてゐる間から、私は軒をならべた彼女らの家をのぞいてゆく。女たちはよりあつまつて、畳の上に坐つて話してゐる。おしろいの肌が妙に、塗りもののやうに照つてゐる。渋好み、媚茶《こびちゃ》に一粒鹿《か》の子《こ》、紬縞《つむぎじま》、一人が立膝をして爪弾きで、いゝ、いたこをひいてゐる。せまい布でつゝんだ品物のやうに、あちこちからこぼれる肌。それも灯影にまたゝいて、ゆれて、ぱたりと消えて闇にもどる写し絵のまどはしさと、はかなさがあり、一夜のいのちの蛾の羽ばたきのやうでもあつた。行燈《あんどん》のあかりがさうみせるのだ。黄ろい油を吸ひこんだ二本の燈心の火が、紙をすかして柔かに流れ、女たちの鬢《びん》やたぼ、ぬきだした白いえり足を浮出させた。女たちは、私に気づかないのか、ながし目一つ送らない。行燈の火のいろが心こまやかな女や男の、あはれふかい物語の数々をうんだ。

私が立止つた家では、なにかとりこみごとがあるらしく、障子に大きな影が入り乱れた。あわただしく人が出てきた。家出人があつたのだ。私はめんだうになつてはいけないとおもつて、隣家との庇《ひ》合《あは》ひをくゞりぬけ裏通りに出ると、そこは河岸《かし》だ。きい〳〵と艪《ろ》べそのなるのがきこえた。桟橋のうへに提灯《ちやうちん》が三つ揺れた。軒並の楼の二階の灯が水にうつつてゐる。棹がゆら〳〵な灯を寸断にし、ひきあげた棹の先に灯がしたゝる。提灯のぬしが河岸をつたつてよんでゐる。

——死骸がみつかつたかよう。

——ほうい。ほい。

私は、二階のたゝみにねそべつてゐた。私の名は、山東庵京伝。洒落本のうがちの案をねつてゐた。うつりゆく季節の花をめでるやうに、女たちをすぎゆかしめよとさとりながらも、私には、彼女のうす膚《はだ》のうろこ細かいふくら脛《はぎ》と、えり足が粘つこい嗜慾で、忘れることができなかつた。思庵、喜之助の輩、所詮は、私じしんのなかにある性格のそれぞれの面であつて、反撥しながらも、なつかしい日本人の弱さ、正直さを心にめでてゐた。だが心中するほどの心が、私にはわからなかつた。それが心のうつくしさよりは、現実の追ひつめられた事情の逃げ場所にすぎず、死んでゆくことはやはり虚しさ以上ではなかつたとおもふのは、私の不幸である。

矢立をとり出して、私は、灯影《ほかげ》に綴ぢた半紙を引寄せ、このあひだからの腹案の黄表紙の趣向を書き出した。

——江戸生れ艶気《うはき》の蒲焼。

女にもてたさの一心で、金で女を納得させ心中のまねをする梅の花鼻の艶二郎といふ似せ通人の、わらはれものの切ない心のうちが、私にとつては、わがことのやうにおもはれる。……女たちも死んだ。嫖客《へうかく》も死んだ……百年、百五十年、私も、墓のなかにゐる。私の作をよむ人も少くなつた。日本の夜はつゞく、廻転する妖光を空に放つて、女たちは、半裸体になつて街を彩つて歩いてゐる。日本は、西洋になつた。だが、女たちの運命は、夜とともに哀しく、私の子孫の男たちは、まぶしい光のなかで、まざ〳〵と、私のみなかつた女達の肌をみあげて、品評し、ふところのなかで、さいふの紐をゆるめたり、しめたりしてゐる。

# 日章旗

日本のはてのN港から、五十浬《かいり》、八十噸《トン》の小汽船に揺られて、一夜、私は荒海をのりこして、Fといふ小島の港に到着した。

私は、ふなよひでふら〳〵なからだを、デッキにのぼり、舟のらんかんから、海水の藍をみおろしてゐた。

古鍋のやうな船ばらの排水口から、どつと芥塵《かいぢん》の水がそゝぎ出ると、みどりの潮に、黄色くひろがり、鵜の鳥がゐさをさがしにあつまる。この港で下りる人たちが、はしけにうつつて、波に揺あげ、おろされて遠ざかる。

積荷人足と船員が喧嘩のやうな大声で叫びあふ。

赤土の現はれた、棺のやうな小島だ。人家らしいものもみえない。

私はこの島へあがる気にはならないで、先の航路をつづけることにした。都会の生活はまるで、白日夢だ。波だけが永恒《えいごう》にのこつて鳴りつづけてゐるものだと、知られる。

私の方だけでおもつてゐた恋人の俤《おもかげ》を、いよ〳〵、この島におき去りにしてゆけるかと心かるくなつてゐると、朝空のなかに嘲笑するやうなにぎやかな彼女の笑ひ声がきこえた。私はかなしかつた。唾液を落すと、唾の白が、波の争ひにちらされて、すぐみえなくなつた。無窮丈《むきゆうだけ》がいつも勝利だ。

おそるおそる頭をあげて空をみあげると、蒼空のふかさの奥に彼女の俤があつた。眉間《みけん》尺《じやく》のやうな莫逆《ばくげき》の友がゐて、僕の頭を切り落してくれないか。この水のそこへ！

彼女の俤のうすれた空に、帆綱をつたつて日章旗が、はたはた鳴りながらあがつてゆく。蒼空の底に小さくなつて、しぼんだり、ひらいたりするその旗をみてゐるうちに、つひぞみたこともなかつたやうにみてすごしてきたその旗をしみじみとみた。

この旗は、日本の国土をシンボルしてゐた。この旗が頭上にはためいてゐるかぎり、私たちは日本人だと、子供の時に教へこまれた。だが、信仰心と愛国心を喪失したひねこびた子供の僕は、旗の素朴なシャルムを今日まで気づかずにゐた。

日章旗と日本人。——なんて元気のいゝ奴らだ、おまへは。

世界のどこの奴よりも狡《ずる》さの足りない奴。——その一人の私が、一人の女をセンチにおもひつめて、国のはてまでさすらつてゐるとは！

日章旗よ、君もわらつてゐるか。日章旗よ、またはげましてゐるのか。

# 竹林の隠士たち

竹といふものほど一すぢな植物はほかにあるまい。

むらがる竹をみてゐると猶更涼《なほさら》しく、まるで、潺々《せんせん》とふきあげてゐる清水のやうで、心は細葉のせゝらぎをおよいでゐるおもひだ。

そのくせ、ふしぶしはかるく、なかは空洞で、万幹は、むちのやうにしなひ、からからと鳴るかとおもふと、深淵のしづかさをたゝへてしはぶき一つしない。

とにかく、一すぢ縄ではゆかぬ、虚にしてみちあふれ、ひよわなのど笛を揃へて、雷霆《らいてい》のとゞろきを真似る自由自在な心境にいたりえたものだ。

魏の嘉平年間のこと、三国以来の争乱の世の不定をかこつ時の丞相《じようしやう》は、道ばたに輿《こし》をおろさせ、伴の者をみな待たせてたゞ一人、俗世の身に、なにか流されものの胸のいたさをおさへながら、噂のたかい隠士たちのかくれすむこの竹林に迷ひ入つた。

褻《せつ》清あひなかばするおのれの生涯をふりかへつて彼は、今日までの出世第一に他をおしわけてきた生きかたが、必ずしも最上とはいはないまでも、人がみなのぞむ栄達をのぞんで至りえたことはやはり誇りではないのか？　もろもろの福禄を拒否した隠士たちの清遊のよろこびは、芯のあぢきない、まけをしみの腹いせに類しはせぬか、明日九族を夷滅《いめつ》され、城門の外に一家の首がさらしものとなるにしても、三公の位に達しえたことは、人間本懐と言へないだらうか？　隠士達にあひ、その胸を叩いて、本音をきいてみたいといふのが彼の永年の願でありながら、今日まで、なかなか思ひ立つてみこしをあげるまでのふんぎりがつかなかつたのだつた。

　しかし、淡々《あはあは》しい翡翠の、色に色を重ねて猶もあかるさがひらけ、踏入るにしたがつてその身にふしぎな軽さをおぼえる竹林の路をゆくにつれて、人間の世界からへだてられてゆく、あきらめがたい悲しさがこみあげてくる。

　幽《かす》かな琴のしらべがきこえてきた。はじめのうちはせゝらぎかと思つて耳を立てたが、曲調と名がつかず、それが心のながれるまゝに渋滞なく弾じられて、泉の嗚咽《をえつ》、風の佩環《はいかん》と融け入るしなやかさであることに彼は気づいた。琴の音をしるべに彼は猶もわけ入る。外界の陽ざしは、ふるはれ、調味され、幾重にめぐらした竹屏《たけべい》の、金と琅玕《らうかん》が微妙にひゞきあひ、ここにうすあかりがさしたかとおもふと、かしこに喪《うしな》はれて、色褪せのがれてゆくものがあつた。びつしよりと冷露にぬれしづく竹膚を通りぬけて、一しきり風が、琴の音に和して、響高い磬《けい》の音をあたりに騒がし立てるのであつた。

たちまち、身近いあたりから、皺枯れた談笑がおこる。足を止めてうかゞひよれば、四五人の古怪な相貌の人たちが、話にうち興じ手をうつて、笑ひ倒れるのだつた。これこそいま評判の七人の高士に相違あるまいと、丞相は、のこ〳〵と、彼らの席に割込んで坐つた。

「さては、御辺《ごへん》たちが噂の高い、……なにをかくさう吾輩は……」

名のりかけると、一座の人たちは不意の闖入者《ちんにふしや》に興をそがれ、しらけきつたおもゝちで顔をそむけた。一人はわざとらしく、くん〳〵と鼻をひこつかせ、一人は膝のうへから、琴をすべらせて、高臥《かうぐわ》し、一人は、そばにあつた黎《あかざ》の杖を手にとるなり、どれどれとも言はず丞相の前を通りすぎ、竹林の裏に消えていつた。あとにのこつた二人のうち、一人は薬草をかけた焜炉の火をあふぎ、高齢の一人は、ひろ袖をうら返して、虱をさがしては爪でつぶしながら、丞相の方に言葉をかけた。

「誰か。お客のやうぢやが、なにか御用かな。礼儀嫌ひがうりものの田夫野人《でんぷやじん》のあつまりですから。あしからず。私は山濤《さんたう》といふもので……」

「高名はきゝ及んでゐます。御身に会へただけでも今日の訪問は甲斐があつた」

「きゝ及ばれるなどは迷惑至極」

山濤はしぶい顔付をした。

「それ、だから、あひてになるものではない。そろ〳〵我々の清遊が世俗人のみせものになつてきた証拠だ。こんな小心な男が邪魔しにくる位ならいゝが、そのうちきつと、大山師が竹林ごと買ひしめて観覧自動車でもまはすやうになるぜ。おい。おい。そこな客人きり〳〵引きとつてもらひたいな」

仲間のなかで気象のはげしい嵇康《けいかう》が、ふらりとかへつてくるなり、このていをみて食つてかゝつた。黙々と草を煮てゐるのは阮籍《げんせき》だつた。血の気の多い嵇康とうまの合ふ、つむじ曲りの阮籍は、三白眼でぎろりと丞相をみあげ、

「これは、山濤の負だな。かゝりあひついでにその客を浮世境まで送つてゆくのが君の役さ」

言ひながら、竹編みの団扇で焜炉の尻をばた〳〵とあふいだ。

「ごらんのやうなありさまで、この生活もよそ目には物珍らしさうにみえますが、物質上でも、精神のうへでも、決して快適ではありません。老来身にこたへて、冬は寒く、夏は

藪蚊で、その上ろく〳〵食ひ物もなく、時々都恋しいとおもふこともありますが、今更引込みもつかないといふのが本音でせう。要するに、乱世を避難して、あたらすてる命を大切に、天命をまつたうしようといふ自己主義者のあつまりです。その代り、金銭や口腹の慾もおさへるといふ消極的な人生観で、大ぼらだけを気散じにしてゐるのです。いづれは干《ひ》れる日のある日向水《ひなた》に、うきつ沈みつしてゐる孑孑《ぼうふら》の一生といふ点では、人間一列だといふ所に勘定のあつてゐるやうな合はないやうな、へんな気持がのこるのは、我々が人間である拙《つた》なさでせう」

みち〳〵話しながら山濤に送られて丞相は八幡の藪を引き廻され、やつと出口に出ることができた。山濤は鶴の首をのばし、清風の賦《ふ》を吟《ぎん》じながら竹裏に姿を消した。たちまち竹叢《たかむら》の奥からも、答詩がこだましてかへつてきた。全竹林が一大道場となつて、すみからすみへ声を投げつ、受取りつしながら、しなひ強い枝をはね返し、とめ途ない竹露を一時にふりそそいだ。

丞相は一つの諦観に達した。竹林のなかの隠士達すら、ふがひない見得坊揃ひで、人間の性《さが》を超脱した神仙ではないといふことだつた。

丞相は黒ずんで蝙蝠のやうにこはばつた肌、折柴のやうに細い、ぽき〳〵と鳴るふしぶしの老軀を、日長《た》けてやうやくおきいでた。水色の帳《とばり》のついた、朱塗の寝牀のうへに、右左から、二人のおもひものの、すべ〳〵な、柔かいぬめ肌の脛《すね》にからまれた両足をぬかうとして、じたばたした。

「どうなさいまして？」

めざめた一人が、同衾《どうきん》に疲れたものうい目を半眼にするゑてたづねた。目のふちの翳《かげ》がいたいたしく、牕《まど》の透し彫をうつして掛布のうへまでさし込む陽ざしに、化粧くづれたきのふの肌を粉つぽくうきたゝせた。若い一人は口尻からながい涎《よだれ》をなめくぢのあとのやうに光らせて、突いても、切つても起きさうな気配がない。口が粘り、手がしびれ、胸が重い。

一方の窓は中庭にひらき、二株の梧桐《ごとう》の下に太湖石《たいこせき》をあしらつて、陶卓一脚、塗桟の鳥籠に、鸚鵡が一羽、永日を叫んでゐる。

丞相は瘦せ衰へた手をのばして、台の上の玉圭《ぎよくけい》を叩くと、隣室に待ちうけてゐた横はゞひろい、矮人《わいじん》の宦官《くわんぐわん》が、薬湯と、烏犀角《うさいかく》と参鬆《さんすう》の細末を入れた陶器のうつはを、うや〳〵しくさゝげて入つてきた。延命、養精のこのうへない調剤であつた。

「なにごともないか？　護衛の将軍は？」

「はい。お館の前にひかへてをります。蟻の這入る油断もございません」

うん。うん。うなづきながら、彼はもう、ほかのことを考へてゐた。最後の栄達の路――娘を正后にして、外戚の権をにぎることであつた。宦官がうす笑ひをしてひきさがると、いれちがひに、七尺ゆたかな巨漢が武装のまゝ、手に闊刃の大斧をさげ、のつしのつしとはひつてくると丞相に一揖《いちいふ》した。

「あゝ、なにごとかな」

護衛の将軍の不意の闖入に、咎《とが》めることも忘れ、薬湯をこぼしさうにして、卓の上においた。

「はつ。おいのちを頂戴にあがりました」

「な、な、なんだと？　さがれ。さがつてゐろ」

「さがりませぬ。あなたの謀反《むほん》の罪状は明白です。天に代つて誅伐する我らの一味同心がすでに館をとりまいてゐます。蟻の出るすきもありません」

光りが頭のうへからさつと下りてくると、次の瞬間、はゞひろい斧の刃のうへに丞相の白髪首がのつてゐた。二人の女の一人は、気を喪ひ、若い方は半裸のまゝ逃げようとして、巨漢の靴で蹴倒された。

首はまだ、はつきりと、このクーデターの真相がわからぬ様子で、傾《かし》いだまゝ。だが、すこしもこのなりゆきを悔んでゐる様子はなく、片目をひらいて笑つてゐた。

——竹林で長生するよりは、うん。やつぱり、この方がよかつたて。

# 赤寺

沙河中多有悪鬼熱風遇則皆死無一全者上無飛鳥下無走獣遍望極目欲求度処則莫知所擬唯以死人拓骨為標幟耳
（法顕仏国記）

はるかに、玉門関をうしろに越え、左右、前後はたゞ、風の掌や、風の指先で印《お》された砂の高低、なぞへ、爪の縞目がつゞくばかり。

風が熱いのか。砂が熱いのか。——黄塵《くわうぢん》が陽をくらくして、あたりがどんよりと濁つたまゝ、いつまでも静寂なある日の正午刻、西域に大乗経求めにゆく一人の旅僧が、ふとゆくての丘陵のうへに、おもひもかけぬものをみた。

赤松の林のあひだに、反り屋根の簷《のき》が互ひにそゝりあつて、物々しいばかりの大寺観が蜃気楼のやうに、中空にせり出してみえる。

このあたりはおほむね仏神にたてをつく衆魔の活舞台で、修羅や、餓鬼が沙漠をすみかとして跳梁し、亡霊のやうにまよひあるいて、旅人とみれば幻をみせて、東西を迷はせ、一つところをひきずりまはして心神を昏迷させ、屍とかへて投返すのが定石《ぢやうせき》だつた。涇水《けいすい》を渡り、はるばる六盤山《りくばんざん》を越え、景物はじめて人界を離れ、寒暑と餓渇に悶えながら、その旅僧もまた、いまはまぼろしと現実のけぢめも立たず、喘ぎ、喘ぎ、身をひきずり、無量寿経を口に誦《ず》しながら、這ふやうにして山門にたどりつき、やつとのことで人心地がついた。

ともあれ、寺男でもつかまへて、一掬《ひとすく》ひの水でのどをうるほし、一飯のときをねだつて饑《うゑ》をいやさうものと、僧房、庫裡《くり》、東司《とうす》、浴室と、くまなくへめぐつてたづねたが、どこにも人気はなく、建物だけが寂寞《じやくまく》をひろげてかぎりなくつらなり、無住の妖氳《えううん》が、森々とわめいて身にせまるばかりである。旅僧は一方ならず気をおとしはしたが、せめて長途の疲れをやすめて一眠りしてから又行旅《かうりよ》をつづけようと、正面のうすぐらい仏殿に一足ふみ入つた。

外観の壮麗に似もやらず、「香積厨中蔵兎穴、龍華台上印狐踪」の形容もおろか、床板は抜け、梁板はめくれおち、荒廃は凄まじいばかりだつた。雲水の身には出会ひがちなことだから、旅僧は別におどろきもせず、たえず経文を口にとなへながら、首のとれた阿弥陀仏の前に叩頭《こうとう》礼拝し、うしろにめぐつて光背の浮彫、絵物語のシーンを眺めてその堂をぬけ、中庭をへだてた次の堂宇を見てまはつた。そんなふうにして支那風な寺院は、箱のなかに箱があり、又箱が入つてゐる箱根細工の玩具のやうに、堂のうしろに中庭をへだてて堂があり、又おなじやうに中庭をへだてておなじやうな堂があつて、きりがないのである。だが、やがて終りはあつて、『大雄宝殿』の扁額の字のことに雄渾《ゆうこん》な、本堂に到著《たうちやく》した。

金箔をぬつた如来の尊像が特にしやう厳であらはな肩は、やゝいかり肩で広く、なかばひらいた慈眼は、大将軍のいかつさをそなへてゐた。奇異なことに、この釈迦族の王子殿は額の上に両個《りやんこ》の瘤《こぶ》があつたが、旅僧は、目がくらんでゐて、それには気づかなかつた。気づいて不安であるよりは、気づかないで非運をしらずにゐた方が、人間の幸福にはかなふかもしれない。尊像の前に平つくばつて旅僧は、これから先の旅の安全、取経の成功のための仏の加護を祈り、声はりあげて一心に経をよむうちに、やがてけだるさが霧のやうにわきあがつてからだをつつみ、舌をもつれさせ、意識をとりあげて、漠々たる眠りの世界につれ去られた。

いく時がすぎたらうか。目をさますとあたりは暮色が濃く、おどろいて見廻せば、人気ない無住の寺とおもひこんでゐたのに、誰が来てともしていつたのか、あちこちに、鉄燭台の火が点《とも》り、渋ぶさうにちかちかと金《きん》をまたたかせてゐた。旅僧は、あはやと我眼をうたがひ、その眼を据ゑてじつとみまもつた。視覚の迷ひかとおもつたからだ。中央の像をはじめとして、周囲に並ぶ天将や、菩薩像の眼が、瞬間一つの方向へくるりと廻り、背に負つた火焔がめらめらと燃えあがつたからだ。旅僧の胸のとゞろきがまださまらぬうちに、燈火のとゞかぬ片隅や、経机のかげ蓮華座のうしろから、身に黄袈裟をかけた悪鬼らが、窮屈さうにひそんでゐたからだを起し、腕をあげてのびをしたかと思ふと、立ちあがり、みしりみしりと床をふみ鳴らしてあるき出した。旅の沙門は、魂身に添はず、みつけ出されてはたいへんと、幢幡《どうばん》でからだを巻くやうにして身をかくしながら、恐いものみたさに猶も、おづ〳〵とのぞく。

おもての方にがや〳〵と声がして、全身金箔の五百羅漢たちが、杖をついたり、龕燈《がんどう》を手にしたり、如意をもつたり、掌のうへに蹲《うずく》まる虎をのせ、寛衣のふところからとび出した蛙がぴよんぴよんと床をとび、あつまつてきた順に、堂に入つてくる。天人、比丘《びく》、羅《ら》刹《せつ》、夜叉のたぐひまで、堂狭しと八方からよせかけ、つめかけて、堂はそのためがらがらとくづれんばかり屋鳴り震動した。迦葉《かせふ》、目連《もくれん》もゐた。沙門はいまや俎上の魚で、逃げ途なく這ひつくばつたまゝ、心経を念じ、この魔界の歓会から逃れんものと身をもがいた。

「今夜のあつまりはどういふことぢや」

武骨者の金剛力士が解せぬ顔すれば、

「なんといふ不粋な。黄道吉日、けふのよい日は、天上の歌舞菩薩によい婿がねがみつかつたで、めでたい婚儀の当日よさ」

骨太な、奪衣婆《だつえば》が背を曲げて、黄ろい歯をむき出し、いやらしい笑ひ声を立てた。

「婿殿はもうすぐ御入来《じゆらい》か？」

びんづる尊者がそばから言ふ。

「はて、もう、御入来すぎて、しびれをきらせてぢや」

奪衣婆が又しても笑へば、尊者は首をのばし、

「さうか。早う近付になりたいな。どこにどこに？」

と、その首をふる。きいてゐる沙門もどんな婿君かと、こはさを忘れてそつと顔をあげ右、左と眺めまはせば、「それ、そこに」と老婆が指さす。黄ろい袈裟の悪鬼らが、すぐさま近寄つてきて、一匹が沙門の肩をくだけるばかりにつかみ、一匹が首すぢを持つて猫

の子のやうに宙につるしあげた。

「これ。これ。大切な婿殿ぢや。なんでそんなに手荒にあつかふぞ？」

　帝釈天の鶴の一声。はれがましい満座のなかで、講壇の上にそつと据ゑられて、沙門は目を白黒とするばかり。

「道心堅固の不犯《ふぼん》の男子の初物賞玩を、仏菩薩も照覧の席でやつてみせるとは、歌舞の天女も果報者ぞ」

「歓喜仏《くわんぎぶつ》はどこにゐる！　おぼこ娘の天人どのが、うぢうぢと恥かしがつてぢや、それ先に立つて、音頭をとりやれ」

　がや〱、がや〱と喊《わめ》き立て、はやし立てる声がクライマックスになると、天井から六種の華《はな》がふり、異香《いきやう》が鼻から脳にしみて、沙門は心神悩乱する。ふはり〱としたものが柔かく沙門のうへにおちかゝり、なまあたゝかい柔かい感触が、悪鬼どもが引きめくつて沙門が裸出したからだの各部分に、甘く、快く、しぼりとろけるやうに纏繞《てんぜう》した。必死になつて沙門は逃れようと、おしのける手や、ふんばる足に、まざ〱とふれるものは、乳房や、ふとももや、腹や、腰や、まだふれたことのない歓喜の淵叢《えんそう》で、十年の戒行の効《しるし》もなく、夢うつゝのうちに陽精をへらせてしまつた。

一夜のうちに無上道心を奪はれ、ながく見仏の機縁を失つて一破戒僧となつた彼は、あくる朝、目がさめるや、所持の割符を足でふみくだき、数珠玉を引きちぎり、ふところの経巻を引きさいてすて、今日までのおのれの所業こそ、永年の妄執であり、宙宇のまよひであつたことをさとつた。

そして、さんらんたる五慾の浄土、煩悩のまんだら、人間天の世界に戻り、やぶれ法衣のかはりに、当世風の伊達衣裳をまとひ、名刹巡歴のよろこびを、長安第一の娼館をうつりあるく歓楽にかへるべく、勇み立つてくびすをかへし、元来た道を東にむかつて出発した。

ふりかへる朝の松林のあひだに昨夜の寺観はそのまゝ、頭上から真紅に染まつて血の池をあがつた大魔王そつくりに、哀れな沙門の発心をはげまし見送つてゐるとみてゐるうちに、ぐわらん、ぐわん、わん、わんと、大口をあいてわらひはじめた。

頭をかゝへてものの一二町も、鼠走りに逃げ走つた沙門が、足を止めてふりむいた時、いまあつた松林もなく、寺もなく、ふもとの丘さへなく、風紋の紗をうち重ね、うち重ね、ひろげた沙漠のつらなるはてに、くらい龍巻《たつまき》が二すぢ立ちあがつて、かしらを空にふるのをみるだけであつた。

# 悲しき電気

不毛の砂丘（デューン）、そのところぐ〵にしがみついてオヤが根をおろしてゐる。萱《くわん》草《ざう》類に属するそのオヤといふ草は、乾期に枯死しないやうに、巻いた葉のあひだに雨水を貯蔵してゐる。

ホテル燈台にいまごろとりのこされた客と言へば、私ともう一人、がつしりした四角い肩と、灰色の額をもつた北欧型の紳士と、二人きりだつた。

その紳士の身辺にとりめぐらされた沈鬱さは、ホテルの客の多い時はかへつて目立たぬ存在として隅つこに見過されたが、ひろいサロンに二人きりで鼻つき合せる今となつては部屋いつぱいにその重苦しさをひろげて、正直のところ少々やりきれなかつた。

ホテル燈台は、ブランケンベルヒとオスタンドのあひだにあるクロコディールといふ、ごくさゝやかな海水浴場のはづれの砂丘の辺に、名に示すやうに燈台形の張出しを作つて、趣ある建物であり、夏場の避暑客のうちでも、かはり者、一風ひねつた連中か、しづかに書きものでもするといつた人達によろこばれた。

秋も更けゆくにつれて、北海の水は窶《やつ》れをみせ、潮は、やぶれた笛のやうに終日、のどを鳴らす。その秋もいよいよ冬近い段階になると、むしろ兇暴といつてよい海にむいたガラス窓に、いきなり氷雨をはたきつけるスエーデンからわたつてくるボルデの神（口を尖らせて北風を吹きつける神）が、ひねもす靴先で、海を蹴散らしはじめるのだ。

憂鬱な紳士は、ガラス窓に鼻がつくほど椅子をよせて、荒海を眺めくらすのが日課だつた。はじめから目と目が会ふのを避け、その男のゐる時は、サロンに出てゆかないやうにしてゐた私は、いつのまにか、その男に心をひかれるやうになつた。常人とは別な、体温に気づいたからであつた。その体温は人間同士の情味とか、ヒュマニティといふものとは事変つて、孤立した魂が辛くもたゝへてゐる純粋な血の香りとでもいつたものである。三週間程のあひだに、あいさつを交したり、一寸した用談位はするやうな間柄になつた。

親密を増すに従つて、私が彼にゑがいてゐたいろいろな推測が、みんな外れてゐたことがわかつた。彼は、特別な秘密を持つた人間ではなかつた。犯罪者でもなければ、恋の敗《はい》竄《ざん》者でもない。身分についても、問へば、なにごともかくし立てなく答へるのだつた。ポーランド系のドイツ人で、ルドルフ、四十三歳、退役陸軍少佐、妻子兄弟もあり、現職は国際的な文化視察官とでもいつた官職をもつてゐたが、その仕事にはあまり興味をもつてゐないもやう。たまに持つてきてよまずにおいてある本は、ニッチェの著書。

その日のながめはとりわけうらがなしかつた。水浅信号機の気球が、むら気な灰色空に胸騒がしさをかき立てるやうにあがつて、沖にちらばつた、紅帆の漁船を呼んでゐた。海は白つぽけ、石灰水のやうに濁つて、ふくらみ返つてゐたが、渚の洲はどぎ〳〵とアルミニュームの光で薄陽を照返し、光のなかにふりまいたやうに黒い海鳥が立つたまゝ、うごかうとしない。

二人は、ガラス越しにそのけしきをみてゐた。室内の昼のシャンドリエがガラスにうつつて、海のうへに物々しく垂《さが》つてゐる錯覚にとらはれた。

「眠れなくて困つてゐますよ」

ルドルフ少佐は、菩提樹の葉の沈静飲料をのんでゐた。

「あなたがですか?」

信じられませんねといふ顔つきで私は彼をみた。

「さうですよ。私は不眠症です。これが始まつたのは随分ながいことで、私が、いま頃こんな所へ来てゐる理由も、それにあるのです」

「成程《なるほど》」

私はおもはず膝を前に乗出した。ルドルフ氏は、好人物な微笑を泛《うか》べて、私の物見高さをあしらつた。

「をかしいでせう。私のやうな武骨な人間が神経衰弱だなんて。さうですよ。私自身も信じられない位です。あなたは信じなさいますか？　人間のからだには電磁力が流れてゐる。利用しやうもない、役にも立たない電気、これが悲劇のもとになるといふことね。ほれ。ごらんなさい。この肌の底の蒼白い、銀鼠色にいぶつてゐるこの部分、これからたえず放散されてゐる電流を私は知つてゐるのです」

彼は、腕をまくり上げて、私に示した。

「おそろしく半端で、誘導のしやうがない。しかし、性格はもつてゐるのです。これについていろいろと考へはじめたので、私は、永遠に安眠できない人間になつてしまつたんです。カイゼルは敗北しました。ドイツはたゝきつけられました。でも、ゲルマンはローマの昔から、妻子を殺しても降服しない民族でした」

私はやつとこの男が、軍国主義の敗北の傷心にとりつかれた人間であることをつきとめた。次の言葉は一層それを裏書するものと私にはおもへた。

「この病気は、戦争の中途頃から始まりました。あるひはもつと早くからだつたかもしれませんが、戦争がこの病気を適宜に処理してくれてゐたんです。戦争は成程怖ろしいものです。煙草を口にくはへたまゝ、冗談の言葉のとぎれないうちに、目の前で、同僚や、部下がばたばたやられる。死は無思慮に、野良犬のやうにとびついてきます。その上、戦争は、敵も、味方も、正義を背負つてゐます。私たちは、敗けた賭博者にすぎないのです。あなたは、平和を愛するとおつしやるでせう。でも、その平和はながくはつづきません。人間は惨虐のあつたことなど、他人事のやうに忘れるやうに出来てゐるのです。私達のからだから発する電流が、戦争で飽和されることを望むやうになるのです。これは、人間の宿命と言つてもいいことです……正直、私は戦争が恋しいんです。過去の戦争をおもひ出さうと思つて、私はここに長逗留をしてゐます。このあたりから、ニューポールへかけては、わけても激戦のあつた場所で、砲弾で、家も木も坊主になり、地面は、何ものつてゐないテーブルのやうになりました。わがドイツ軍人が白英聯合《れんがふ》軍のために水浸しになつた旧跡です」

二十二珊砲《サンチほう》のやうに、あけつ放しに彼はなんでも話した。

ボーイが桜桃酒、近海名物の貽貝《ムル》をはこんできた。ルドルフ氏は、生きてゐる貝に、シトロン汁をしぼつた。貝はたちまち、ちゞこまる。

「みてごらんなさい。シトロンの下で貽貝が苦しんでゐることが、私たちとなんのかゝはりがありませう。ポンペイが一夜で灰になつたとしても、今日我々の誰一人の運命も、影響をかうむつてはゐません。そこで、人間は、ヒュマニズムからつきはなされない前に、ヒュマニズムを突きはなすべきだといふ結論がでてくるのです」

「それが、あなたのニッチェ主義なんですか？　私はすつかり反対な立場ですよ」

たまりかねて、私は口をはさんだ。

「あなたがどう考へたつて、それは同じです。兵士達は、よろこんで死んでも、いやいや死んでもたいして変らないやうなものです」

「詭弁ですね」

「さうです、詭弁だけがよく知つてゐる条理といふものもあります。歴史がそれを証明してくれますよ。人間はじぶんで割切つた通りなに一つしようとしやしないぢやありませんか？」

かう言はれると私も言句につまつた。

「私はさつき、私のからだから流れる長つづきのしない、ちつとばかりの電流の始末に困つてゐるとお話しましたね。でも、ほんたうのところを申しあげると、この電流の貧しさ故にはかなんでゐるにすぎないのです。それつぽつちの電流では、ラヂオ一つきけないんですよ」

「あなたのからだから三十万ボルトの電流が流れ出したとしたらどうなさるつもりです」

彼は、それをきくと豪快に肩をゆすつて笑ひ出した。

「早速、ヨーロッパをのせる強力な電気椅子でも作りませう。ヨーロッパには、こはしてもこはしてもこはしたりない宿悪があるんですからね」

「わかりました。まあ、このへんで御説を祝福しておくことにしませう。もし、あなたがその電気椅子の御用がすんだら、同宿のよしみで、エキストレム、オリエントにも拝借させてもらひませうか」

「結構ですね、どうぞおつかひ下さい」

ルドルフ氏は、桜桃酒ののこりをぐつと一息にのみほし
「久しぶりでおしやべりをしたから、今夜はぐつすり眠れるかもしれませんよ」

さういつて立上つた。海はすつかりくれきつてゐた。北海のやつれ顔は、夜闇のかなたに消え、ガラスの音ばかりががたがたと一入《ひとしほ》さわがしくきこえはじめた。

# 浦島

うらしま太郎はうたたねからさめた。

ふるさとの水の江の、蜑《あま》が苫屋のことを夢にみてゐたのだ。

うらしまは、そつとあたりをぬすみ見廻し、かれのいまみた夢を、誰かがそばにゐて、みてゐたのではないかとたしかめた。全く、ここは油断がならぬ。心のなかに大切にしまつておくことまで、はしこい目が、目よりも正確にうつるものが、どこで見透してゐるかしれないのだから。さいはひ、乙姫様をはじめ侍《はべ》つてゐるものが一人もゐないので彼は、わづかにそつと胸を撫でおろした。

ここは、夜も、昼もけぢめがない。おなじやうな仄明《ほのあか》りが、瑩《みがき》の照りのやうにうつろひ翳つて、それによつて、珊瑚の自然柱や、瑠璃の上窗《まど》、玳瑁《たいまい》の屋根が、虹になつて透いたり、泣出しさうにくらくなつたりしてゐた。

筆墨台《ひつぼくだい》のすみからでも、指の爪からでも、たえずこまかい気泡が、錫箔《すずはく》のやうに揺れてちろちろとあがつてゆく。めづらしい貝殻や、宝珠を嵌《は》めこんだ屏風、この世のものとはおもはれないきらびやかな曳出箪笥。どれほど高価なものなのかいつさいねうちのしれない什器調度にも、太郎ははじめのおどろきはなく、よろこびもなく、「ふるさと」にかへりたいの一念のほかは、いまはなんのひかれる気がなかつた。

彼は立ちあがると玉階を下り、刺繍沓《ししうぐつ》をつゝかけた。彼がふむ靴の底で、敷きつめた白い貝殻の割れる音がした。そこにも、さす人影のない閑寂さ。

――これが、永恒《えいごう》といふものの美味だと姫は言はれたが、美味ではない、不味だ。

ながい影がさし込んだ。彼がはつと目をあげると、ながい槍旗を立てた儀仗《ぎぢやう》姿の芭蕉かぢきが、二人づれで、庭の外を護衛のため、ゆきつもどりつしてゐるのだつた。

物音といふものは、なにもきこえてこない。物音がないのではなく、ここまで届かないのだ。貧しい魚どものみにくい争ひや、革命さわぎなどはないのだらうか。それとも、鼓膜が破れちやつたのか。防音装置が完全なのだらうか。うごくものに、その音響がともなはない……ふと一匹の小蟹が、うらしまの足もとをちよろ〳〵逃げてゆくのをみつけて、

――こいつ。また、酒倉へしのびこんで、ぬすみのみをしてきたな。いつはらうとてその赤さで露顕。露顕。

とおもつたが、いまはあるじ顔して咎めるこころもうせてゐた。狡猾な蟹奴は、ちよつ

と立止つて、進退に迷ふ容子をみせたが、彼のこゝろをすばやくよみとると、鋏をぐいと頭上にあげ、一二度、いんぎんにおじぎをして、謡《うたひ》がゝりでむかうの床下《ゆか》へ逃げこんでいつた。

庭は岩山をあしらつて、海ゆりや、磯ぎんちやくのゆら〳〵と揺られるむらさきや、紅や、あけぼのいろの花盛りに、水は霙《みぞれ》だち、波立つて、色が色を洗ひ、炎のやうに流れ、目にうつるものはみな、あざむかれてでもゐるやうに冴え〳〵とうつくしかつたが、それすらうらしまには、おちついて観賞するこゝろの暇がなかつた。

——水のすだれでへだてられたこの世界の富はなんの根もないのだ。水のとばりには水の鍵がさゝつて、ここの生活は幽閉であり、こゝでみるものはなに一つ、ゆがんでみえないものはない。

うらしまは、ぶつ〳〵とひとり言を言ひながら階《きざはし》の方へ戻つてきた。

ひかり珠のかげる時刻だからだつた。

この時刻になると、海は、どこからともしらず、遠い底鳴りがつたはり、鮫人《かうじん》たちのなげきの声がきこえてくるのだ。この時刻の海はもつとも憂ひにみち、地上の人の夕ぐれの侘《わび》しさにも似て、生死と流転のかなしみが、いろくづたちの世にもはてしなくさまよふのだ。

あうむ貝にともる燈明《とうみやう》も、海のびいどろ、紅貝、しやれ貝、月日貝でくみ立て飾り立てた燈籠も、この時刻には光が冴えず、さくら鯛、鏡鯛までも、あかるさをしたつて海上にうかび出るのだ。飜弄《ほんろう》のまゝの海の表面もそんなときは、しぐれがちで、そぼ〳〵雨がミシン針のやうに、一布《ひとの》二布《ふたの》の寄り波にきざんでゐる。流浪の魂もつ海の簇《うから》は群をなし、ゆきあはせた憂ひの潮流を早くのりきらうとあせり、争ひ、あるひは、逆流の底に目もあえかな旗魚《かぢき》の列が、足すくはれたやうにたゞようてゐたりする。海の虚無主義者海月《くらげ》は、ふうせんも、花笠も、あんどんも、ゆりあげゆりおろす波の不定《ふぢやう》に身をおくことの巧者で、さだめないことに生存の根拠をもつてゐて、紫糸の花むすびをゑがいた淡紅いくらげたちは、ほろ酔ひ機嫌で、飜弄する運命の神のしわざを、おのがむなしさで逆にからかつてゐるのだ。

その魚たちを釣糸にかけて、貧しい生計を立ててゐた頃の、生甲斐を彼は心におもひうかべてゐた。魚たちの死が、じぶんの生であつた。小舟でもどるわが家の、夕炊《ゆふかし》ぎのほそい煙がありく〳〵と目先に泛ぶ。

「またふるさとのことを考へていらつしやるのですね」

いつのまにしのびよつたか乙姫が、彼のうしろに立つてことばをかけた。そのすきとほつた声が、いちばん冴えた珠から珠にひゞいて、そのひゞきで珠と珠がかすかにふれあつて、いつまでもその余韻を、はるかな方にまではこんでいつた。

うらしまは、乙姫に言はれると、

「いえ、いえ……」

と、をかしい程どもつた。そして、いまだにそのまぶしい顔をまつすぐに見られないのだつた。

じつさい、乙姫はうつくしすぎた。ほの〴〵とした肌は、骨までうす〴〵と透いてみえさうで、人間らしい熱つぽい魅力や、いきづまる体臭のやうなものからは縁遠く、皮膚も血も、水の簇のつめたさだつた。情慾のかはりに、過、現、未、を見とほす聡明さと、心の均整の秤《はかり》をもつてゐるかの女は、脱皮の瞬間のやうに水々しかつた。乙姫は、笑ひながら、

「だめ、だめ、おつしやらなくてもいゝわ。わかつてゐます。ほら、この珠をごらんなさい」

と、水晶に似た珠を手にのせ、はつと息を吐きかけた。

一時くもつた息が晴れてゆくあとをうらしまはじつとながめた。

「ね。ごらんなさい。あなたのふるさとの水の江です」

「鬼ケ島！」

うらしまは、おもはず息をのんだ。

「さうです。鬼ケ島にかはつてしまつたのです。これでもおかへりになりたいの？」

うらしまは、信じられなかつた。ただ乙姫のいぢわる沙汰とおもふのだつた。さうおもふと子供のやうにかなしさがこみあげてきて、しくしくと泣き出した。

――乙姫のことばがほんたうとしたら、もうかへるところはなくなつたのだ。

「龍宮にいつまでもとまつていらつしやい」

低い声が階のしたからきこえた。みるとそれは、うらしまをこゝへ案内してくれた箒亀だつた。

「地上はかはりましたよ。あなたがこゝへ来られてからあそこのこよみではもう千年以上もたつて、いまは、科学とけれんの人生が跳梁してゐます。かへつてもろくなことはありませんぜ。それにくらべてここでは、なにもかも永遠のいのちをもつてゐるのですよ。それといふのも、地上では夢がなくなりましたが、龍宮では生活がみんな夢なのです。物音はなくて、音のこだま、形はなくて影のまぼろし、色と光彩は、うつり、照り映えたものが、そのまゝまたよそに映つて、本体といふものを捕捉するのはもはやむづかしいのです。一つの夢もさめるといふことなく、そのまゝ波にたゞようて、夢が夢をうみ、又夢をうみ夢を咲かせて、永遠に彷徨してゐるのです。それといふのが、龍宮そのものが、そもそもオピアムの夢ですから。うらしまさま、わたくしの大恩人さま、私はわるいことを申し上げません」

うらしまは、黙つてうなだれてゐた。箒亀のいふことに道理があればあるほど、たとへゆきつくなり死ぬとしても、汗と排泄物でむんとした鼻持ならぬあのふるさとへかへりたい慾望が止むに止まれないのであつた。

悩みをこめた一本の立皺を額によせたうらしまの顔を、乙姫は、なかばあきらめた、あはれみをこめた表情でじつとながめるのだつた。

ややつりあがつた乙姫の眥《まなじり》に、垂れさがつた簪《かんざし》のゆら〳〵してゐるまはりを、目にみえないほど小さい鰕《えび》の子や小魚がつゝき、乙姫のからだをうつし、からだから照りかへす光明が、真珠貝をみがいた大姿見に反射し、さらにその光芒が、彼女の足もとからわきあがる泡沫の群を、目くらむばかりにくら〳〵と照らし出すのであつた。

老い亀はやがて、からだをうきあがらせ、鉢にうゑた大枝珊瑚や、羽うちはやみる藻、とさかのりの花盛りのうへを箒尾をひいて左へ、右へ、ゆらりゆらとかしぎながら、手足を櫂《かい》にして高々とうきあがつてゆき、天井と背がすれすれのところまでいつて、外へ出ていつた。ゆらぐ青波のなかにその姿は、みる〲小さくなり、白つぽけて、遠ざかつてゆくのだつた。

# 印度記（航海日記、断片）

——檳榔島《ピナン》から亜丁《アデン》まで

十一月七日。朝、船はピナンに着く。

沖纜《もや》ひ。

舟がマルセイユ港に着いたとき穿《は》く心算《つもり》で、支那人の店で靴を一足買ふ。新しい靴の、内側の粉つぽい卵色の皮革に、店の屋号「利順」の墨印が滲んでゐる。靴の価。シンガポール貨五弗《ドル》。

午後四時、解纜《かいらん》。

タンジョン・ブンガ（花の岬）の空は、花いくさ。

胞衣《えな》をかぶつてもぞ〳〵してゐるわが亜細亜。

粗朶《そだ》を積むやうに、ヒンヅー・タミール族苦力《クーリー》のデッキ・パッセンジャーが大勢、この港から積みこまれる。出稼ぎ先から、うまれ故郷へかへるのか、或《あ》ひは、さらに別の出稼ぎ先へゆく途中か。一二等のデッキから、船客達がらんかんにあつまつてそれを見物する。デッキをヒンヅーたちに占められてしまつて、三等船客達は、散歩ができなくなつて、船底へ引つこむ。

三等の船艙は、下部船底にあつて、一方ならない醞醸《うんぢやう》だ。一ケ月もこんな所でくらしてゐたら、皮膚は蒸れ、内臓は、古ゴムのやうにぼろ〳〵になりはしないか。鋲をうつた鉄板とのあひだの空間に蚕棚をつくり、そのうへに莫蓙を敷いて、夜も、昼も、ごろ〳〵ころがつてゐるよりしかたがない。白ペンキを塗つた凸凹な厚い鉄板を、拳固をつくつてこつ〳〵とたゝく。反響のない手ごたへだ。拳のとんがりが、うすく皮が剝《む》けて、血が滲み出す。

日本人、支那人、ポルトガル人、ロシア人、アルメニア人、そんな人種の区別は、ここではあんまり通用しない。一等と、二等と、三等と、デッキの等級があるだけだ。イスラエルの流儀の掟《おきて》だ。

一等は客。二等は朋輩。三等は荷物と、ふるくからある客扱ひの心得通りだ。

風抜きの丸窻《まど》に、ブリキの風うけをはめ込む。

しめつぽい印度洋の海風が、波しぶきといつしよに入つてくる。

私はけふ何をしなければならないといふことはない。明日も、明後日もさうだ。それは、途中だからなのだ。生活のために、働くことも必要がないのだ。何故なら、放費が払つてあるからだ。私は所定の時間中嘔《は》き気《け》をもよほすこのペンキくさい舟底の蒸れきつた空気のなかで、おとなしく横になつてゐるよりしかたがない。荷物には、思考力もない。気まぐれもない。

ときぐ〵、私は、丸い風抜き窓から外へ首をつき出してながめる。浮き上げ彫りの銅の丸盆の海をそこから見わたす。舷の近い波は、非常な早さで私の目の前をすぎる。後悔らしいものが、私の胸を掠《かす》める。なぜこんな舟にのり込むことにしたか、といふ後悔であつたがそれは、すでにじぶんとしての選択すらない、なぜ私は生れたかとおもふほど遠い後悔であつた。

十一月九日。久しぶりでデッキにあがる。タミールのデッキ客の食事どきだつた。赤いトルコ帽をかぶつた賄《まかな》ひ方が、めりけん粉をまるめてはのばし、鉄板のうへで焼いてパンをつくつてゐた。人間のしごとをわきから眺めてゐると、時間のたつのを忘れるものだ。タミール人のおかみさんが、そばで、嬰児《えいじ》に乳房をふくませて、扁《ひら》べつたく鳶足《とんびあし》をして坐つてゐる。耳に重さうな金環をさげてゐる。耳朶《みみたぶ》が環の重みで、のばしためりけん粉のやうにうすくなつてさがり、耳朶にあけた孔《あな》がいつしよにひらいて、いまにもそこからちぎれさうに大きい。

十一月十日。舟といふものは、もともと陸の延長、陸の断《きれ》つぱしだ。

日本の舟は、どこまで走つてみても、日本の土地のつゞきなのだ。沢庵あり、味噌汁あり。正月になれば、松飾りをして、餅もつくさうだ。

バルカンの雑貨商人。彼は、日本へ商品を仕入れに行つたかへりだつた。ボーイに匙をもらつて、汁と漬物をめしの上にぶつかけ匙でかき廻して、がむしやらにかき込む。媽港《マカオ》から国へかへる、しいひいなのやうに貧相な、色の黒いポルトガル人は、この癖のある日本の食事に閉口して、手を出さうとせず、出がらしの番茶ばかりをおかはりをして、何杯も飲んでがまんしてゐる。

午後、ボーイ頭のはからひで、ステアレージから、扉にかぎのかゝる、ベッドのある三等室にかへてくれる。そこは、八人室で私を入れると五人の客があり、五人とも日本人であつた。本音を言ふと、私は少々有難迷惑だつた。日本人といつしよだと、周囲でしやべつてゐる言葉の意味がわかるからだつた。

思考力がないと言つたが、直接それが社会とつながりがないだけのことで、考へる習慣が私を見放したわけではない。私は、波が波のうへに落す影のことを考へはじめてゐる。

また、エンジンの音のひゞいてゐる中心について考へてゐた。私の現在のかゝはりのあることはさういふことなのだ。

しかし、部屋に入つてきて、別なことのあるのを知つた。

五人の日本人の同船客に就いて言はう。まづ、年長は、六十歳ばかりのむつつりした老人で、この人は、日本の林檎を氷づめにして印度へうりにゆく商人だつた。林檎のやうな酸味のある果実が、暑いところにゐる印度人に好かれるのださうだ。一人は、丁抹《デンマーク》へ酪農を勉強にゆく農学生。一人は、シンガポールからコロンボへゆく歯科医。もう一人は、海外視察に欧洲へ派遣される新興宗教の布教師。つまりこの四人が、ボーイにやるチップの問題でもめてゐるのであつた。

そのことに就いて、私も考へなければならないことになつたのだ。頭割りにするとセイロンで下りてしまふ人が不平になる。だが、個々にやるよりは、一括してやつた方が差別がつかず、多寡も少くてすむことには、考が一致してゐる。

ボーイはボーイで、こつそりと、二等のバスへ案内したり、コック場から、紅茶洋菓子をもつてきたりしてサービスし、成丈《なるたけ》チップについて私たちがたくさん気をもむやうにしむける。

波が荒い。うねりが大きい。小卓の上のコップが倒れ、帽子があたまのうへからころがり落ちる。

窓ガラスにぶつかる水は、黄塵のやうに濁つた色をしてゐる。ながいあひだ舟に乗つてゐるので私は、船暈《ふなよひ》は感じなくなつたが、なんとなくからだが熱つぽくて、重い。新しい寝床の寝心地はわるくない。よみかけた本のふたをして、枕もとにおく。頭に入らないからだ。

十一月十一日。おなじく風浪。

午後三時十五分。船は、セイロン島のコロンボ港に着く。防波堤内の水は、洗面器の水のやうにしづかだ。港をとり囲んで、粘土素焼の層楼が並ぶ。煤けて黒ずんだり、ひゞが入つたりしてゐる。無数の鵲《かささぎ》がその上に腐肉でもあるやうに群がつてゐる。浮標《ブイ》や芥藁のうへには、青黒い背の鷗《かもめ》がとまつて浪の浮動をたのしんでゐる。

――案内書によれば、一五一七年、ポルトガル人に略取され、一六五六年、オランダ人の手にうつり、一七九六年さらに英吉利《イギリス》領となつて今日にいたる。

セイロン人の人足たちが、ふごに入れた石炭をはこぶ。

哀しい読経に似たその掛声。

両替屋と宝石屋の街を一めぐりする。

豊饒《ほうぜう》な赤貧。髪をうしろで総髪《そうはつ》にむすびうしろ櫛をさした男たちが往来する。櫛の両はしの尖りがのぞいてゐて、前方からは鬼の黄ろい小角《こづの》のやうにみえる。ひよろりと背の高い錫蘭山（せいらす）たちだ。

ほとけの歯、ほとけの骨、ほとけの足跡。ほとけの像――比丘《びく》八千のセイロン人がじぶんの血、じぶんの肌、じぶんの肉身をもつて、ひたすら守護してゐる。

舟へかへつてみると、デッキ客はここで上陸したとみえて一人もゐない。積荷上荷も終つて黒布をかぶせたハッチのうへで、印度人の荷役が五六人、車座になつてしやがみ、中央にごろりと据ゑた真鍮製の大煙管から一口吸うては拇指のはらで吸口をぬぐつて、隣へのみまはしてゐる。ながい煙管の管をつたつて、水をくぐつた柔かい煙が彼らののどから鼻へぬけ、さらに孔雀色の夕空へ、しなやかにもつれからまつてたゞよふ。

深夜の解纜。

風窓から首を出してみると、舟は方向を変へるところで、曳きずられて虚になつた水の底へ、周囲の水がざあざあと音を立てて走り込む。水面が歪んでもりあがり、巨象が背と背をもみあつて、その上に舟をかつぎあげてゐるやうだ。

十一月十二日。

コロンボの小さな家に入つて買つてきた牛皮のやうな菓子に赤蟻がいつぱいたかつてゐる。包紙ごと窓から海へ捨てる。

空は金無垢、

海も金無垢。

太陽のしづんでゆく空に、血まみれなモッコシュ（印度の悪鬼面）がをどりいで、幻怪きはまりないチャヤ（印度の影画人形）が水平線上におしならぶ。だが、その強烈な色彩も、形も、みてゐるうちに燃えつき、ふすぼりかへる。檣《ほばしら》のゆれてゐる真上にふりあふぐ藤紫の空高く、淡紅の傘をさした草色の月が現れる。その色も、やがて橙に、卵黄にうつり変る。豊かな色調のとりどりに、変幻する空の幽婉《いうゑん》極りなさ。またそのきよらかさ、かなしさは、神の酒か。いかなる至醇《しじゆん》の酔か。祭りなのか。

十一月十四日。

国籍のわからない舟とすれちがふ。荷物船だ。舷と舷へ、海の上に橋がわたされて、乗組員の心が通ひあふ。双方の舟のらんかんにいつぱい人があつまつて、手をふり、叫ぶ。菜つ葉服をきた支那人の雇ひ水夫がまじつてゐる。ひどいぼろ舟だ。近づいたとみてゐるとすれちがひみる〳〵遠ざかる。生涯にもう出あふことはない人間と人間とのすれちがふ瞬間の邂逅。――いちばん親しい人たちとでもおなじことなのだが、私たちは、いつでも籠絡されてゐた。どうせ又、会へるのだ、死ぬまでには、まだ、なか〳〵ひまがあると。

だが、こんな悠長さと、無責任が、きびしくものを探究する人にさへ、焦眉の問題を等閑にさせるのだ。誰も、ほんたうにこの亜細亜民族の空腹について考へてゐはしない。船の同室の人も、二等船客も、一等船客も、船長も、事務長も、医師も。考へてゐるのは、空腹な人間自身だけだ。

十一月十五日。波斯《ペルシア》の沖あひにさしかかつてゐるのだと高級船員の説明。

なんだか、ひどく奥ぶかい座敷のなかへふか入りしたやうな、無意味な静謐のたゞよふ海。

うねり疲れた海。一時間、十一浬《かいり》の速力。船尾の速力計算器がから〳〵と音を立てゝはつてゐる。なにをそんなに急がねばならないことがこの世にあるのだ！

全航海中、このへんの海が一番倦怠する。投身者も多いといふ。そんなわけからか、この頃は、毎日のやうに舟に催し物がある。デッキの上の露天映画——俄狂言《にはか》、船員たちの自慢の芸づくし。一等船客の寄附金で、おふるまひの模擬店、お汁粉、おでん。夜毎の月は、嘘のやうに明るい。

タラップのすみで私は、子猫を一匹踏んづける。舟の鼠をとるために飼つてある猫が、航海中に五匹の仔をうんだ。よく歩けないで、腰をふら〱させながらじやれついてくるので、船員やお客さんが、よけようとしてつい踏んづけてしまふ。三匹踏み殺されて二匹しかのこつてゐない。あとの一匹は、乱暴な水夫が、たべのこしの料理や、芥《ごみ》をすてるついでに、生きたまゝ首すぢをもつて、はずみをつけて海へ投げ込んだ。

夜ふけて目がさめると、海から、猫のなき声がきこえる。私は、耳に紙屑をつめて栓にする。

十一月十六日。ヨーロッパにはなんの魅力もない。たゞ、ほかにゆく所がなくなつてしまつただけなのだ。習慣風俗も私には、日本以上鼻についてゐる。お嬢さんならお洒落の見習ひに、フランス行もいゝ。

五人の同室者はいま、三人になつてゐるが、私をのぞいた二人には、ちやんとした目的がある。だが、私にはない。目的地のあるのが気に入らない。よかつたらこのまゝずつと、こゝにゐさしてもらつてもいゝ。リバプールやマルセイユなどへ上陸するのはたまらないことだとおもつた。

ヨーロッパは、すでに、私にとつては試験ずみの土地だつた。新らしいものなんかなに一つない。アメリカは？　ヨーロッパのおできだ。

ヨーロッパはいま、『世界』づらをしてゐる。洋服は、世界の服装であり、マキュアベリズムは、世界の機構だ。亜細亜は、前世紀の巨龍の柱骨だ。いくら上手に骨を並べて、針金でくつゝけ合せてみても、巨龍は生きかへつて来ない。

私たちは別のものを、次の時代の『世界』をさがしてゐると考へてゐれば、不幸は少いわけだが、中毒はどうしやうもない。

全く、私たちは、十人ぐらゐで生きてゐたいものだが、この同船の三人は、少々、心細い結合すぎる。

私といふものは、どうやら反省してみるに価しない個体だ。

今、この同船の人達を比較してみても、私ほど故国から完全に切り離されてしまつた人間は一人もゐないのだ。私には、懐郷心がなくなつてしまつた。ヨーロッパに心の籍をおきたいなどといふ洒落気は猶更《なほさら》ない。人間は、言葉がちがふだけで、どこへいつてもおなじものだ。おなじやうに狡猾で、慾ばりで、じぶんのことしか考へてゐないくせに、他人のエゴイズムを擯斥《ひんせき》しあふ。そして、世界に『標準秤』が存在するものと夢想してゐる。むろん、じぶんの秤こそそれだと考へてゐるのだが。さう信じなければ、一歩道を歩くこともできない臆病な動物なのだ。

人間の他になにがある？　自然。だが、自然は、ごらんの通り退屈だ。神さまだつて、この自然を人間におしつけるのに気が退《ひ》けて、別に楽園《パラダイス》を約束した。画家でない私は、この海の色彩に随喜《ずいき》して一日をつぶすことができない。科学者にとつて、自然は無限の宝庫ださうだが、私の自然は不倖な表情をしてゐる。政争の徒にとつて人生は面白いところだ。だが、私は、自分の故国を離れたのと同様に、あらゆる所属の国民たちとも話す種がなくなつたやうだ。

私は、水平線のむかうから手品師が取り出してみせてくれるものになんの期待もない。それは、必ずしも、私が、たねを知つてゐるからといふ理由だけではない。

後甲板の螺旋階段をのぼつて、隔離室の前に出る。そこからさらに病棟の屋根にあがる。船のなかで、檣をのぞいて、そこがいちばん天に近い場所だ。

同室の二人と、二等の私立大学教授と四人づれで、そこで月見の宴をした。一升壜が空になる（但《ただ》し、私は、のまない）。月の叙情に心を洗はれて、人人は、お国自まんをかたる。私は、二度とふたゝび詩など作るまいとおもふので、はけ口のない感情を奇声に托する。新興宗教家が、宗教の教旨を話す。国にのこしてある妻の写真を見せあふ。卑猥な話がつゞく。教授もいつしよに、寮歌や、校歌、はては、流行歌としつてゐるかぎりの唄をうたふ。宗教家と酒の入つてゐない私と二人が最後にのこり、宗教に就いて論ずる。私の横車に対して、流石《さすが》熟練の布教師は、酒がまはつてゐてもつゝしみを忘れず、懇切叮嚀に私の迷妄をひらきにかゝる。

二人で、この頃ボートのなかで出来あつた恋人同士の密語をぬすみきくために、女の部屋の隣りの空室にしのびこむ。布教師は、両手に二本ビール壜をぶらさげて、らつぱのみする。壁にくつゝいて耳をつけてゐる二人は、二匹のやもりのやうだ。

朝方、泣き腫れたやうな目をして、布教師は、頭を一つさげて船室へかへつていつた。誰もまだ起出さない二等デッキに私は駆けあがつた。果実のやうな味爽《まいさう》の海に、私は不眠からの鬱積を吐き出す。デッキにのつてゐる籐椅子や寝椅子が手もとゞかない高いところまで、朝空に昇天する。

午前十一時、海水の湯に入る。波は少々、荒い。船は横ぶりだ。浴室の鮑《あはび》つ貝《かひ》のやうな姿見に、ねぢくれたきせるのやうな、みつともない私の裸がうつつて、髯を剃つてゐる。

明日は、亜丁《アデン》に着く予定。

沙漠のなかの蟻塚、旧亜丁城。

案内書には――阿丹国、もとは、オスマン帝国所属の古城址。世界第一の駱駝市場あり。駝鳥の羽毛、絨毯、煙草、珈琲などを産す。但し、蛇と蠍のたぐひ、おびたゞしく棲息す。港は、英国の関門。東洋のジブラルタル、と。

アメリカ人は、ここで上陸した。

新亜丁港。さびれた港。海岸のなにも商品のないほこりだらけな飾窓に、古ぼけた日本のセルロイド人形が一つころがつてゐる。

黒い羊。白い羊。土塀つゞきの狭い道の傍らで、カレーで煮た獣類の臓物が、ぷつぷつ気泡を立てゝゐる。

食慾――ほかのけものといつしよに鼻づらを揃へて、釣られながら人間も、大沙漠を横断するだらう。

情慾――このへんの女たちは、被布を頭からすつぽりかぶつて、眼だけしか見せてくれない。だが、情慾は、悪魔の焚木でいちばんよく焔をあげる。

## 燐

H君の日記

×月×日。ざんざの雨が孤島の岩礁にふりそゝいでゐる。――それがこのごろの私の心をかたる風景なのだ。

×月×日。アパートの物干にあがつて、四人の人間が、晴れた空へ風船をあげてあそんでゐる。この人たちはそれぐ〵に、別のかなしみをもつてゐる。一人は、胸がわるい。一人は、朝鮮の革命党員で、本国から亡《に》げてきた若い男。一人は、芸術家。一人はこの私なのだ。誰も、じぶんのことを話さない。ほかにすることもないから、あそんでゐる。

×月×日。石ころにも、土にも、水にも、そらにも倦々《あきあき》した。

生きてよかつたな、とおもふやうなことは、うまれてから数へるほどしかないものだ。それすらも、差引きすれば、計算が合はなくできてゐる。

×月×日。Tが来る。

Tは、怒りつぽい、へんな奴だ。癇癪玉のやうに、うつかり踏みつけるとこつちが飛びあがらねばならないが、根が小心な、からつぽな人間だ。彼を駅まで送つていつて、公設市場のなかをぬけて帰る。雨がふり出した。番傘が二重にも三重にもなつて、さしかざしあつて身うごきもできない群衆のなかをぬける。番傘の油つ紙のにほひは、なぜだかなつかしいし、番傘のあかるい飴いろは、鉛になつた心をほつとさせてくれた。

Tの来訪が私の心にいやなこだはりをのこした。胃の腑にをさまらない、角ばつたもので、毒素が発生しさうな気がしてならない。友人といふものは、最も近くして、最も毀《こぼ》ちあふ敵だ。

×月×日。毒芹のいちめんに生えた湿地をあるいてゐると、靴が足首までずぶりともぐる。そのたびに、鳶色をした小さな蛙が無数に跳びあがる。陽光は、刃こぼれのした剃刀のやうだ。なんだか、頭がつめたすぎる。青空に接触しすぎる。痛すぎる。私は帽子を二つ持つてゐた。一つは、山高帽子で、一つはヘルメットだ。

×月×日。今夜は気の狂ひさうな晩だ。くらがりのなかで眼をつむつても、眼をあいても、赤いシグナルがこつちをじつとみつめてゐる。

×月×日。Tに絶交状をやつたことがいつまでも気にかかつて焦燥するので、あらためて、絶交を取り消した手紙をやる。ポストに手紙を入れた瞬間から、返事を待ちこがれる。

×月×日。T君が会社改良の理想論を一席長講する。残念ながら、私にとつては、なんの関係もないことだ。私がオスカー・ワイルドのうけうりをやる。Tは、まるでうけつけない態勢で、どうやつて反撥してやらうかとねらひながらきいてゐる。恋愛の話になつた。やつぱり、意見が合はない。

×月×日。Tとの約束で、二人つれ立つて、K家を訪れる。

Kの姉妹は、姉をS子、妹をU子といつた。姉は死を待つて病床にあつた。妹は、死と抗《あらが》つてゐた。妹のU子は、Tの新しい恋人であつた。Tの通勤先の○○製壜工場の女工をしてゐるU子、姉のS子と、Tと私と、四つの結核菌に彩られた生命《いのち》。痛ましい錯《さく》綜《そう》を予感して、私は戦慄《せんりつ》する。

×月×日。人に生きるのぞみを新しく抱かせるのも、死の矜恃《きようじ》をもたせるのも、女性がもたらす悽惨《せいさん》な生気をもつた風景だ。一日ぢゆう、私は寝床のなかで輾転反側《てんてんはんそく》だつた。私とT、U子と、S子の四人が、○○製壜工場の裏窓から、欠けた壜を捨てた、きたない溝瀆に、蒼白い首を揃へて突出し、血を吐いた。そんな夢を見つゞける。

×月×日。原稿をもつて金策に出かける。どこでも拒《こと》わられる。はじめからあてにもしないのでがつかりもしないが、空腹で閉口する。神さまがもしゐたら、食はないでいゝ世のなかへ生れかはらせてもらひたいものだ。たべもの店の前に立つて、かびのはえた丼の見本をいつまでもみてゐる。

×月×日。○○工場の前を通る。夜業の燈があか〳〵とついてゐる。石をひろつて、二階の窓硝子にむかつて投げる。

×月×日。S子永眠す。

×月×日。○○工場の職工連のお花見だ。折れた枝に、ビールの空壜がつきさしてあつた。U子はお花見に来ない。Tのアパートへ行つてゐるのだ。U子とTの姿態をゑがいて舌なめづりをする。いやしい食慾だ。隅田川に水死人が流れてゆくのをみつけて、人人が土手にあつまる。舟の人がながい棹で屍体をひつくり返す。血だらけになつたTの頭蓋が、一ぺんしづんで、ぶかくと浮いて流れるのを私は見た。

×月×日。貧乏でいやしくならないものは、私たちとは種類のちがつた人間だ。痰だらけな風景。

×月×日。ふるい友Fに偶然であふ。手拭《てぬぐひ》でもしぼるやうに、お安く涙がでてくる男だ。あひての同情の顔をみて、すぐ坐り場所を作るらしいが、その手は食はぬ。

×月×日。金があれば、旅でもしたい。

×月×日。旅に出るかはりに、町へ来たサーカスをみる。辮髪《べんぱつ》で綱わたりする支那人、喉笛で笛を吹く印度人……。からだぢゆうにぼろ綿が塡《うづ》まつてゐるやうで、懈《だる》い。疲れやすい。

Tの恋人だといふことで、U子を軽蔑したとしたら、正当とは言はれないかしら。宿を変へる。新しい宿の庇《ひさし》に、ふり出した驟雨《しうう》をきく。

×月×日。「齧歯類《げつし》、性怯懦《けふだ》。」中学校時代の筆記をおもひ出す。齧歯類は鼠のたぐひだ。

くだものの腐つたところを去《さ》るやうに、じぶんのこゝろの弱々しい部分をゑぐつて取りたい、とおもふ。TからU子を奪ひ取る方法を画策する。U子が好きなのではない。TがU子を恋人にしてゐるために、私が心の平静をたえず擾《みだ》されてゐる理由がないからだ。

×月×日。U子、重態の報来る。

×月×日。いく月ぶりでTともあふ。枕元の湯をわかし、薬瓶の空いたのに、ペン〳〵ぐさがさしてある。Tが、血でたぷ〳〵した金盥《かなだらひ》を運び、私は、氷塊を買ひに走る。

×月×日。U子とTを監視するために、眠ることもできない。

×月×日。U子は死んでゆく。Tのちよつとゐないまに、半分死骸になつたU子に接吻する。

×月×日。U子小康。

×月×日。Tと私と二人で、火葬場へ、U子の骨をうけとりにゆく。白い壺に入れた骨のなかから、私は二本の骨片を盗んで、ふところにつかんでゐた。夜店をひやかしてあるいた。人の死ほど、こゝろのうき〳〵するものはない。二本の骨を出して、Tの頭を小突きまはす。Tも、Fとかはりのない凡《ぼん》くらだといふことが、今こそ、はつきりした。

×月×日。骨が机のうへにおいてある。どう始末したものか見当がつかない。忘れようとおもはなくても、U子のことを忘れるだらうとおもふと、いまゝでの人生のむかう側にさらにひろい展望がひらけるやうな気がした。——その夜、三十八度。

×月×日。〇〇製壜工場の横を、その夜、雨にぬれてビショ〳〵と歩く。桟橋をわたつて海の方へ出る。密閉されたやうな、どんよりした海だ。波止場人足が、屋台店に額をつつ込んで泡盛をのんでゐる。泊るところのない連中と、野良犬がうろ〳〵してゐる。

Tの奴、大思想をふり廻して、こんなところをうろついてゐるかもしれない。へん。

Tの悲歎なんかきいちやゐられない。私はTにあふことを怖れて、咳きこみながら、魚市場の方へあるいた。いけすがあつた。ふたを取ると、烏賊《いか》、とびの魚、太刀魚《たち》などが、燐光のアウトラインで、イルミネーションのやうに、形なりにみえてゐる。一寸、夜の巴里《パリ》大博覧会の写真のやうだ。私は、魚に話しかけた。君たちの友情は、私たちの友情と同じかねときくと、魚は、同じですよ、と答へた。恋愛はとたづねると、魚はあんまり恋愛をしませんといつた。

×月×日。熱さがらず。U子の骨を小包でTに送る。

## 玳瑁

いろいろな宝玉類の聚《あつま》りを光が旅行してゐるやうに海のうへの天候は、たとへば淡紫から、白苔に脂燭《しそく》いろに柘榴《ざくろ》紅といつたふうに、おもひがけなく変つてゆく。

それらのいろ〳〵な虹のいろが、蜥蜴《とかげ》のやうに水のなかをくゞりながら、その日も朝から午后《ごご》になつた。

舟は、セレベス島のマカッサルから、ボルネオ島のバンジャルマシン港にむかつて、波しづかなセレベス湾上をおもむろに航海をつづけてゐた。

船首の青天井のしたにデッキプールがあつた。プールの水は羊歯《しだ》の葉うらの淡いみどりで、ゆた〳〵とゆれてゐた。その水のうへには、半分ほどつかひへらした浮石鹸よろしくの「玳瑁《たいまい》」が二つぽかり〳〵とたゞよつてあそんでゐるのだつた。セレベス湾上の航海も、とびきりの凪で、海水の淡々しい色は底までのぞくと、気味わるいほど冴えたエボナイト青でくら〳〵するあみ目や、玉ガラスのやうなふかい影をつくつてゐる。そして、ソーダや、鉛や、アルカリ溶液をふくんでゐる。

大柄な赤い井桁のタオル地の湯あがりをはだにつけた男たちや、奇抜な海水着――背中がおしりのわれ目のそばまで割れてゐるやうな――のうへから、ダイブツとかアサヒとか云ふ店の窓にかざつてあるやうな風呂敷のやうな模様のハッピコートを羽織つた女たちが、みんなプールの上のらんかんに肘をついたり、胸をあてがつたりして、この航海中のめづらしい捕獲物を見物にあつまつてゐるのだつた。お茶の時間のまへのひとときを、その連中は、はてしもないおしやべりにつひやしてゐるのだつた。このおしやべりのにぎやかさから離れてゐるのが淋しいのか、わざ〳〵籐椅子をひきずつてきて、わり込んで新聞をよんでゐるやうなのもゐる。

——ほんたうにおもしろうございましたわ。妾《わたし》、蘭領や英領の東印度諸島の風物は、人をあかさないやうに次から次と舞台面をかへて……ほんたうに、ほんたうに、神様は、妾たちをよろこばせるものばかりを地上におつくりになりましたことを感謝いたさねばなりませんわね。

金持のツーリストの夫人で、片眼鏡を手からはなさない老女である。

——するとなんですかな。我々の神様はさしづめ、天才的なレビュウ作家、演出家といふことになりますかな。

なんでも揶次《やじ》を入れるイギリス人の木綿会社重役といふのが言つた。

——さう仰言《おつしや》いますがね。僕の考へるところによりますとね。南洋といふ土地は、ヨーロッパ人の身体にはあはないと思ひますね。僕は移民官として、三十年この土地でくらしました。が結局、僕は、その三十年を、ふいにしただけのことでした。ヨーロッパ人の僕たちは、あなた方旅行者のやうに、素通りすれば、それでいゝんですよ。さもなければ結局、僕のやうに三十年間昼寝することなんです。

　額の禿げた移民官が言つた。

——妾、あなたの三十年間をそんなにつまらないとはおもへませんわ。たくさんな夢をごらんになつたにちがひないんですもの。蘭の花を釣したテラスで、あなたのごらんになつた夢の奇異《めづら》しさは、とてもとても、本国なんかではみられないものです。

——さあ。どうでせうか。僕がねむりつゞけたと申しましたのは、そんなロマンチックな意味ぢやないのです。僕の頭が全然うごかなくなつた状態を申しあげたんです。バンタムでひどい熱病をやつて、それ以来、僕は神経系統を冒《おか》され、頭脳は痴呆です。道徳的にも僕は恥しらずの域まで低下してしまつたのを、いまさら御かくしもしますまい。自らの妻君と娘を、宿泊の客人のもてなしに提供するチモールを旅行しながら、たいへん満足な顔の僕を御想像下さい。あいにく夢想家に生れつかなかつた僕は、あなた方御婦人の前ではお話もできないとんでもない現実ばかりにぶつつかるんですが。

——ジャバのパッサル・マランでは、身体ぢゆう首から手首足首まで、すきまもなく文身《いれずみ》をした和蘭《オランダ》女の見世物をみました。

　アメリカの狩猟家が口をはさんだ。

――君のお父さんをわしはよく知つてゐますよ。あの人は四十年以前にカナダ地方をよく旅行してゐられた。獣皮の価格についてはほんたうに驚嘆するほどのめきゝだつたが、あなたもやつぱり争はれない。

ボルネオ原始林木材会社調査員のイギリス人がむぎわら煙草のかるい煙を青空にちらしながら、あから顔でうなづくのだつた。

――さうですよ。

狩猟家は、好奇心で話をきいてゐる若い婦人連の方をみわたしてにこにこしながらつゞけた。

――僕は、自分のうつた動物を自分でなめします。じぶんで写した写真をじぶんで現像するやうにね。

彼の殺伐なほどなげやりな言葉や、話しながらの淡白な素ぶりが婦人達をひきつけた。赤道下では鮭色に灼けた彼の皮膚は、いかに似つかはしく魅力あることであらう。

――素敵ですわ。あなたのお伴をして、象狩りをすることができたら、どんな危険でもなんとも思ひませんわ。

若い娘のじつと眺める眼は、釘のやうに好奇心でうちこまれる。

狩猟家は、娘達のえものに目うつりしてゐる。彼はそのえものをなめすことを考へてゐるのだらうか。

とりとめないそのやうな会話を、そばで黙つてきいてゐるのは私と、舟の客をあひてに航海妻とでもいふやうな目的でのりこんでくる支那人とイタリー人の混血女とであつた。二人だけがこの船のうへでの失意の人間だつた。私はじぶんの弱さからひどくニヒリスチックになつてゐたし、女は、この舟で適当な鴨がかゝらないで、船賃を食込まねばならない仕儀になつてゐたからであつた。

女は湯上りのあつたかい肌に橙色と青の水玉のある手織の海水ガウンをひつかけてゐた。眼は黒く、鼻も口も端正で、肌は琥珀《こはく》のやうなむらがあつて、それが流動感を与へてゐた。他人の眼をぬすみながら私は、視線を、女のはだけた胸のくぼみから、玳瑁のやうにばらを染めた膚の奥ふかく辷りこませた。みてゐると逆上《のぼ》せかへるやうで、鼻血が出る時のやうに鼻梁が痛んだ。

あいつ、どつかのまはしものぢやないか、仏教徒かもしれませんわね。そんなことを囁《ささや》いてゐるのだらう。遠くの方から私達二人に注意をしてゐる眼と眼とがあつた。

——大丈夫？　なんだかあんた疲れていらつしやるやうね。

――御心配には及びません。このてすりで海をしつかり支へてゐますから。

私たちはもうよほど、へだてのとれたあひだ柄になつてゐるのだつた。

三時になるとみんなが、サロンの方へしやべくりの紡錘《をさ》をなげたりうけとつたりしながらぞろぞろひきあげていつた。お茶の時間である。それがすむと、老人達はデッキゴルフの棒をもつて、上甲板のうへをうろつきはじめる。三人の令嬢のふくらつ脛《ぱぎ》が、みあげる目に、紅鶴の羽いろで透くやうにみえた。私と彼女だけがあとまでもじつとうごかないでプールのなかをのぞきこんでゐた。にはかにかげりはじめたので、一きは冴えた緑青《ろくしやう》の水の稜をくゞつて、まつたく月経のやうな血色に化つた玳瑁が自由自在に泳ぎまはつた。


驟雨が、プールの水を灰色にさわがせていつたあとで、私と、混血女との二人は、すこし波のあらいプールのなかに仰向きになつて、いかにもかるぐ〱とふかり〱浮いてゐた。しかし、このプールはどつちをみても、てすりや、あがり台や飛込み台がない。また、風窓、檣《ほばしら》、籐椅子、さういつた附属品が右をむき、左をふりかへつてみても影も形もみえない。船長もゐない。厨夫長も、あの口やかましい一等船客も、デッキ一つで別れてゐる三等船客の姿もない。手つとり早く言つてしまへば、ここは舟のなかではない。舟の外の大海のうへなのだ。

よいことには、さきほどにもまさる大凪ぎで、浮袋にのつてゐる二人は、起きてゐてもねてゐても自由だつた。私は幸ひ濡れてゐない煙草に火をつけて、ふうつと煙を吐きながら、飛行船のやうにあがつたりさがつたりしながら浮いてゐる雲を眺めてゐた。彼女はあふむけに空の方をながめながらなんとない不安のおもゝちである。

——どうしたんでせうね。いつたいこれは？

はじめて彼女は口をひらいた。

——自由になつたんですよ。

——自由つて。

——私たちはコスモポリタンになつたのです。

——これからどうなるんでせう？

——これから？　それはこれから考へればいゝでせう。ともかく、僕らに対して、批評がましいことを言ふ人間がゐなくなつたのです。

——舟はどこへいつたのでせう。

——淋しいですか。そんな顔をしてゐますね。あの舟は和蘭の会社ＫＰＭの船ですよ。あの舟にのつてゐる人達は、みんな国籍のある人達です。アメリカ人、イギリス人、ポルトガル人、其他其他。あの船は国家なのです。あの舟が私達をおき去りにしていつたのです。私たちは舟からすてられた芥塵なんですよ。

――なぜ。こんな空宙に宙ぶらりんみたいな生活はたへられませんわ。

――私は思想のコスモポリタンです。あなたは混血児です。二人とも故郷をもつてゐないんです。

――舟からはなれて考へることゝいつたら、舟のなかのことばかりですわ。

――人間はつまりさういふものなんでせう。束縛のなかに愛があり、お互の重さで結ばれあはうとする愛がエゴイズムでもあるんですね。舟のうへで私たちを異端視してゐたあの連中も畢竟《ひつきやう》ちがつた方式で私達を愛してゐたことになるかもしれませんね。そこで私達に自由はない。自由は待ち望んでゐるときにだけあるとお考へになりますか。

――どうだかわかりません。

――どつちにしても、あの舟にのつてゐてはどうにもなりませんよ。淋しいかもしれない。でも、人間が人間によりあひ、もたれあつてる社会といふものからは、灰汁《あく》で濁り濁されあふのがおちですよ。人間はみんなじぶんのもちものをすてゝはなれ〴〵になるより方法がないのです。それからです。それからがほんたうの世の中がはじまるんです。ごらんなさい。私達のまはりにこんなにどつさり亀が泳いでゐるぢやありませんか。プールのなかにゐた玳瑁つて亀ですよ。

——まあ。こんなにたくさん。

——みんな私達の仲間です。

彼女は黙つてしまつた。

——かなしいですか。

——いゝえ。をかしいの。亀。亀。亀。

——亀は私たちのことでもあるのです。私たちが玳瑁になつたのです。

波はゆれる。ふたりの身のまはりの高くなり低くなる波のうへに乗つて、益々ふえてくる玳瑁の群に、だん〳〵海は桔梗《ききやう》から深紫になり、サフランのにほひをのこした南の夕ぞらに、月が浮いた。玳瑁たちと夜もすがらうかれあそぶためのやうに。

# 老薔薇園

うす絹の肌着はよごれ易い。ちよつと汗ばんでも、四五日ぬがずきつゞけただけでも、うす黄ろく染まり、くろく垢づく。

桃色のヅロースや、レモン黄のシュミーズ、白の乳かくしなどが、そこらいつぱい、レビュウガールのたまり場でゞもあるやうにぬぎちらしばらまいてある。

絹のこまかい皺は、くつきりと影をおつて、年代で色が褪せてゐる。

それをみてゐると、すぐそれを身につけてゐた娘共のあたたかい肌のぬくもりで又、ぬぎちらしたかつかうで、無邪気な、或ひは、みだらな性格が知れて、心がそゝられはするのだけど、それが一世紀も昔からさうしたまゝなのだと考へると、その放縦も怪談ものなのである。ポンパヅールの時代、マリー・アントワネットの時代、その頃らしい香りをかぐと、たちまち、その汚れものの山は、病的、末梢的、虚無的なものにみえてきて、そのうへにさす秋の陽の光りさへも、いたみ、悲しみ、いたく〳〵しくひつつゝて、声も立てず互ひにひつそりとしづまりかへつてゐるやうにおもへる。

肌着とみえたものはじつは、薔薇だ。老いた薔薇の園である。

ブラバン領、ブルッセル市からアントワープへ通じるフランドル平野のゆたかな田園の片すみに、この薔薇園があつて、十町も二十町もへだてた風下まで、その咲きほけた花々の発散する、わきがのやうな強いくせのある香気を送つて、道ゆく人々の鼻をくしくとひこつかせる。

香水をとるための園ではあつたが、その園にある花木はそれぐ、イギリスやフランス南部の名園から株をうつした、むかしから由緒ふかい老木で、噂をきいて花をみにくる人も少くはなかつた。

だが、いまはもう、咲くだけの蕾はひらきゝつて、すがれを待つばかりだつた。花びらはぬれた土のうへにくづれ、とげのある枝と枝のあひだにひつかゝり、いたるところで血を出してゐた。葉といふ葉はこまかい虫くひで穴だらけになり、百発のピストルにつらぬかれたやうだ。病気と虫とはまだ蕾のまゝの花びらのなかに侵蝕して、花はひらかないままですえてしまつてゐる。足を踏みこんでみれば、あたりは血みどろ血がひといつてもいい。

だがしかし、薔薇といふ花は、花のなかでもまつたくいい花だ。

陰影とデタイユのこんなにはつきりとこまかい花はない。こんなに傷つき易い、気づかれのする、神経質な花はない。きつと家系が高貴なのだ。

（しかし、私は、このほろびゆく美しさのなかで韻をひらはうとする詩人でもないし、この高価な株木を刈りとつて、燕麦《えんばく》と、シュー・ブルッセルを植ゑた方が実用的だと主張するものでもない。私はただ単に、東のはての黄ろい肌の国、金銅《こんどう》の仏陀を信じてゐるひどく蒸気つぽい島国からわざ〳〵訪れた、風来の旅人にすぎないのだから。）

この薔薇園のなかほどの小径のつきあたりに、一つの石の台がある。それは、うへに愛の神の裸像でものつてゐたにちがひないのだが、いまでは台座ばかりになつて、忍冬《すひかづら》の蔓がからみ、鳥の糞でよごれてゐるのだつた。

妖精の国のやうな秋のまひるのしづかさのなかで、イシドール僧正《そうじやう》は、台座に腰をおろし、肘つゐたまゝのつゝましい姿勢で、カランとあきになつたやうな時間の空隙《くうげき》にはまりこんで、すや〳〵と華胥《くわしよ》の夢をたどつてゐるのだつた。

足の甲までかぶるくちなし色の大きな羅紗のガウンのうへには、はゞひろい帯《コルト》。それにまきつけた大きな珠の数珠《シヤプレ》、裸足に革鼻緒をしめた木の下駄。両手のひらにはさんだ老顔の頭盧《とうろ》は、カピュシンといふまんなかをまろくすつて、輪のやうに髪をのこした僧侶《モアン》の風俗。彼はいま、方々の末寺をめぐりあるいてマリンの大本山にかへる路すぢ、歩みつかれて、この悪魔の誘ひにも似た薔薇園の香気に導かれて、花の小道を賞翫し、石の台座に腰かけ一やすみするうちに、ついうと〳〵と眠り込んでしまつたのだつた。

もとよりイシドール僧正は、末世の世にめづらしい高徳の僧であつた。坊主の人気は、因習のふかい百姓たちのあひだでさへがたおちであつて、坊主といへば性のわるいもの、はては滑稽なものとしか考へられないのに、彼などは、先づ少い例外の一つだつた。人人のかなしみやなやみごとのもつとも親身な相談あひてであつたし、第一に寡慾《くわよく》、恬淡《てんたん》で、まるパンと、豚の血で固めたブーロニュ腸詰、生玉葱の貧相なおときにでも、めつたに口小言一つ云はない有徳者だつた。そのやうな美徳善徳は僧正が普通の僧侶ではなく、マリンの宗教大学でも指折りの学者で、イスラエル語の泰斗《たいと》として尊崇《そんすう》されるほどの人柄によることにもある。

彼は、アッシジの聖者に輪をかけて、シュー・ブルッセルの小粒の一つ〳〵のみのりにも、黒いべつかふぶちの眼鏡をかけ、十字を切つて祝福してやるほどの敬虔な人でもあつた。

畑は熟《い》つてゐた。刈入は近かつた。薔薇園からみわたす田園のなかに、跳ね橋が二つに折れてうへへあがるのがみえて、そこには、淡水魚の腹のやうなふくれあがつたカナルの水が流れてゐるのだつた。そのむかうには、焼けすぎた瓦の赤い村と、塔がそびえ立つてゐるだけの平和な、単調な、フランドルのゐなかがつゞいてゐた。

ねむつてゐる僧正は、ねたまも忘れないといふやうに、手ずれでボロ〳〵になつた聖書をまさぐるまねをした。そして、聖者の夢にかよふことがいかに聖《きよ》いかを物語るがごとく、不たしかな手つきで十字をきらうとしては、その手をだらりと落し、また、切らうとうごかすのだ。

話し声のために僧正はふと眼をさました。人目をしのぶこそ〳〵話だつた。耳のそばだつた。僧正は、村の若い男女が、僧正がま近に坐つてゐるとも心づかず忍びあつてゐるのにちがひあるまいと察したが、なまなか立つたりしてあひてをおどろかすのも気の毒と、迷惑至極な仕儀になつたとは思ひながら、その人たちの立去るまで、そつとしてゐることに心をきめた。したが話声だけは、きくまいとしても、はつきり耳に入つてくる。声は、いた〳〵しく、澄んでゐた。

——どうしたんだ。こんなじと〳〵。

——寝汗。

——また寝汗か。いけないな。

——それに頭が割れるやう。

——考へるからいけないんだよ。なんにも考へないのがいゝんだ、兄さんのやうに。

——しつてるわ。兄さんは、今朝も喀《は》いたでせう。コップに三杯も。

——ちつとも心配しなくたつていゝんだ。俺は、喀血するたびに心からきたない考がなくなつて勇気が出てくるんだから。

——兄さんは、あの本をまだ書いてらつしやるの？　あのあさましい悖徳《はいとく》の御本を。みんないふわ。兄さんは悪魔に魅入られたんだつて。悪魔が兄さんの心臓を毎日毎日食べへらしてゆくから、そんなに窶《やつ》れてしまふんだつて。

——おまへはそんなことを、坊主共から教はつてきたんだね。神さまと坊主とは、とうにいまの世からおはらひばこになつたんだよ。ハハハ、そんなことを気にかけるやつがあるもんか。

イシドール僧正は、ハッとして眼をつぶつた。その冒瀆《ぼうとく》の言葉を、せめて神さまの御耳へだけは入れまいとするものゝやうにいそいで十字を切るのだつた。

――いくら言つてきかせてもおまへにはまだ合点がゆかないのかなあ。この世界がもつとよくなるためには反抗しなければならないことが山ほどある。俺の書いてゐる本は、本ぢやない。爆弾だよ。それを人類のあひだへ投げると火柱が立つんだ。俺は人類をかつてに服従させてきた道徳、法律、宗教等の、数千年のお伽噺をこはすために、この本を完成させようとしてゐるのだ。おまへはその協力者助手であり、俺の妹であり、俺の恋人ぢやないか。

――怖ろしい。兄と妹で恋人なんていふことが、許されることでせうか。でもあたし、

――どうしたといふのだ。

――あなたを愛してゐます。とても兄妹の愛ではゐられない、全身でいのちがけであなたを愛してゐます。

……でもこんな風にしか人が愛せないなんて、私、私、片輪なんでせうか。気狂なんでせうか。

――悲しむんぢやない。なんでもないことなんだ。そんなに考へる程のことぢやないよ。古代のつまらない掟《おきて》さ。記念碑、肖像、それらとおなじやうにすつかりかびのはえたものにすぎないのだ。俺たちは俺たち同士が愛しあふといふことで又一つふるいきづなを破つ

たんだ。よろこんで乾杯でもしてもいゝところさ。さあ、もつとこつちへおより、なんだ。おまへの唇、こんなにから〳〵に乾いて。まるで俺の口が火傷しさうぢやないか。

——兄さん。兄さん。

——もつときつく兄さんを抱くんだ……もう、夢にも坊主なんかのいふことに耳を貸すんぢやないよ。もし、我々に指でもさはつたら、あの売僧《まいす》共、毛虫のやうに焼きはらつてくれるから。

——あれ、兄さん。誰かゐる。人が……

イシドール僧正は、「ギュー・キューレ」酒を三杯ひつかけたやうに、あたまの先から足の爪までまつ赤になつてしまつた。

それは、憤りのためではなくて、全く、当惑と驚愕のあまりであつた。

彼はおもはず、ひよろ〳〵と立ちあがつて、人のゐる筈の花園のなかをながめまはしたが、話し声はヒタと止み、花々が幻の気を吐いてゐるほかに、人つ気一つないのだつた。神さまのおためしか、悪魔たちのいやがらせか。さてこそ、このやうな時、聖アントワン僧正のやうに堅固な志操を身につけてをらねば不覚だと、心のほぞを固めつゝ二度、あたりをながめたとき、ふと、みてはならないものをみて、息をつめた。

同根のいたみさけた二輪の白薔薇の花を一つにつらぬきとめて、空のガメン、異教の神のキューピドンがどこからか放したものでもあらう——白羽の矢がはつしと突立つて、矢羽は雨風にさらされて泥にまみれて、ふるへてゐるのだつた。

# 魚

ビア・コント・オリビエと、ビア・モンセラトゥの二つの小路がぶつちがひになつた四辻に、私はひよつくりと出た。そして、そこでしばらく、どうしたものかな、と立止つた。赤い看板に縦書きにＶＩＮＩと書いた角店の酒屋、朝からろくに陽の目もみない、岩窟の奥のやうなくらい店の棚のうへに、素焼のふくらんだ酒甕《さかがめ》の尻がならんでゐるのが、蠟燭のあかりでやつとわかる。その丁度すぢむかひの店は、SALLE TABACCHIとこれは横書きの看板をあげた煙艸《タバコ》店なのである。私は、つまり、いひかへれば、イタリーのナポリの港市ビア・コント・オリビエとビア・モンセラトゥの十文字街の酒屋と煙草屋の前に来たわけである。

旅ばかりして歩いてゐる人間といふものは、たは言のなかをあるいてゐるやうなもので、たまさか、じぶんの身の周りをふりかへり、つく〲眺めたりすると、どこの町もどこの家も、地つきの人間が住んで居り、幾年幾十年、時には父や祖父の代からそこにすみついて、生活をきづき、歴史をつみ積ねて、じつにどつしりとかまへてゐるのに気づいて、ぎよつとする。

「これでは、俺は一生のあひだ、人生を素通りすることになるのではないか。」と。

私は、また、そろ〱と、地理をしらない街を、どこへゆくかそのときまかせで歩きだすのだつた。路地はいかにも狭い。路は、ごろ石だ。それにしつけた壁づたひ、しよんべんの臭気が鼻をうつ。やがて、道のうへで、市をひらいてゐるところへ出た。荷うりのマカロニ、黒くすえたのこりものゝバナナ。ネクタイや、靴下。そんなものをうつてゐる。そばの戸口の石段に腰をおろしためくらのお爺さんが手風琴をひいてゐる。虱つたかりの子供達がばくちをやつてゐる。二階の窓から綱をつけ金を入れた笊《ざる》をする〱とおろして買物をしてゐるおかみさんもある。通の両側の窓と窓へはつなをわたして、洗濯ものが古衣市のやうにならんで路ゆくものゝ頭のうへに、うへからぽと〱しづくをおとす。船からナポリの港へ放りあげられてのつけから、私は、ごみためをよつて歩いてゐるのだつた。山のホテルで一晩をすごすぐらゐの懐都合がないわけではなかつたが、もつてうまれた貧乏性とでもいふのであらうか、私は、固いベッドでなければ心をくつろげることができないかのやうに、浮浪人のとまるにふさはしい安宿の看板をさがしてあるいてゐるのだつた。

街の家並と家並のあひだから、港の倉庫裏のみえるところへ出てしまつた。その倉庫と、壁に狭くはさまれて、釣瓶《つるべ》で汲みあげたほどに、碧の海のきらめくのがみえた。

波止場に添うてあるいてゐたことがわかる。私は、海から遠ざかるやうに、海に背をむけて歩きだした。いぢくねた道のはてが、へんにしろつぽけて乾いた広場に出た。私はそこでひよんなものをみた。それは基督《キリスト》の磔刑《たくけい》像なのだ。裸の男の生々したねぢくれたからだを目の前にして、この日本人は一寸《ちよつと》当惑のていだ。南国の冬空の底暗い青の澄み具合、そこは、柔かい陽だまりで、日向ぼつこにはよいあたゝかさの、あつけらかんとした世界だつた。どこかの裏手の石壁に基督さまは吊りあげられてゐる。れうまちすのやうに不均衡なからだには、全身、まあたらしく胡粉《ごふん》が塗られ、眼はトラホームにかゝつたやうにべらんと赤く爛《ただ》れてゐる。弱日がさしかけてゐるのでなほさらそれが片輪らしくみえる。宗旨と申すものは、病人の化粧とおんなしで、あまりきれいに彩色すると、底気味がわるい。像の前には、鉄柵がめぐらされ、賽銭箱がぶらさがつてゐた。その箱には、箱よりもでつかい錠前がさがつてゐた。篠竹が枯れたまゝ立てかけられてゐるのは、祭りの日のかざりつけを、そのまゝ忘れて取片づけずにあるのでもあらう。キリストの血のたれた足の下の棚には万年青《おもと》の鉢、素焼の皿、南京豆の殻、石つころなどがのつてゐる。なんのまじなひだか。

　その辻堂の下で、一人の女の子が禱《いの》つてゐるのに私は気がついた。くたびれきつた外套を着てゐた。着てゐるとはいふものゝ、腕は通さず羽織つてゐるだけだつた。外套の下のむき出しの足には、垢が魚鱗のやうに銀さびにうすびかりしてこびりついてゐる。ほそいそのふくらはぎは、蒼ざめて、冴えて、鯵《あぢ》やさよりの腹をおもはせる。私はそのうしろに黙つてじつといつまでも立つてゐた。女の子は禱り終ると、さつきから私のゐることをしつてゐたやうに、くるりとうしろをむいて、私のふところに鼻をこすりつけてなにか言つた。

——おなかがへつてゐるのよ。

私には、そんな風にきこえた。のど仏までみえるほど、うす桃色の小さな口をひらいて、彼女は待つてゐた。

彼女の外套のふところから、恐らく彼女のうでから銀灰色のむく〳〵した一匹の猫がとびおりて、大きな欠伸《あくび》をした。私は、黙々として、この女の子のあとにくつゝいて歩いた。フランネルの靴をはいてゐるので、女の子はすこしも足音がしなかつた。私は夢でよくこんなことに出あつたことをおもひだしてにや〳〵した。どくろの眼窩《がんくわ》のやうなくらい入口で、彼女はポケットから一寸《いつすん》ばかりのチビ蠟燭をとり出してそれに火をつけ、足元をてらしながら先に立つた。たいへんな急梯子だつた。えたいのしれない匂ひが、立ちこめ、しみついてゐた。屋根裏まで、のぼりつめたので、私はせはしい息づかひになつた。屋根の勾配通り斜《はす》つかひになつた低天井に小さな窓が一つぽつかりあいてゐる。ゆがんだ洗面器、針金でしばつた、ひゞ入つた鋳物のストーヴ。ばねのとび出したやぶれベッド、すべてはおさだまりだつた。

いくつになると私がきくと、少女は、指で十三数へた。不運な数なんだな、と私は思つた。

水のいつぱいたまつた爛《ただ》れ目で私をみながら彼女は一生懸命、微笑をみせようとつとめてゐる様子だつた。私はいろ〳〵なことを訊ねてみたが、彼女にはなに一つ通じないらしいので、早速抱きよせるよりしかたがなかつた。

彼女の肩に手をまはして抱くと、なまぐさゝがぷんと鼻をうつ。彼女の手をさぐつてにぎりしめてゐると掌からしん〳〵と冷たさがつたはり、私の心まで冷えこんでくる。その掌の指を一本づゝにぎつてまつすぐにひらかせ、一枚の銀貨を掌において、また一本づゝ指を折つて、にぎらせてやつた。ふりかゝる彼女の髪は、草の穂のやうにしろつぽけ、おどろいたやうな瞳は、大きくて、きよらかで、かなしげで……罪もないのに釣りあげられた小魚の眼のやうに、またゝきもせずみひらいてゐた。私が手をはなすと、にぎつてゐなかつた彼女の掌から銀貨がこぼれ、床のうへに辷りおちた。そして音を立てながらどこかへころがつていつた。

彼女は私を突きはなすやうにして飛起き、ベッドの下にもぐりこんでさがしはじめた。ベッドの下からその裾だけがみえて、うごきまはつてゐた。

——出ておいでよ、もう一枚あげるから。

私は、どうしていゝかわからなくなつてさう言つてみたが、彼女は、ふりむかうともしなかつた。一枚の銀貨のあとを追つて、地獄のそこまでゝもさがしにゆくつもりだらうか。そこで私も一緒になつて、ざら〳〵な床に膝をついてそこらをたづね、ベッドの下に目をやると、ベッドのしたには、彼女が抱いてゐた灰色の大猫のそばに四匹のうまれてまもない小猫が首をのばしてなにかをたづねてゐた。
「なぜこんな商売するのだい。」「猫が死んぢやふんだもの。」「お前はナポリうまれかい。さうぢやないつて、でもナポリは好きなんだろ。」「ナポリ大好きよ。お舟がみられるんだもの。」私はひとりでそんな会話をつくつてゐた。

私は女をおいて、そつと階段をおりた。それは真夜なかのことであつた。ぬき足で下りてゆきつゝ、じぶんの指を鼻先へもつていつた。のがれられない犯罪のにほひが附着してゐる。あの部屋のなかで私が、女の赤い鱏《えひ》のあひだに指をつゝこんでかきまはしてゐるあひだに、胸をつくやうな腐臭を放つてきたのであつた。私は入口からとびだした。その時、私はおもはず身を退いてもとの入口へ戻らうとした。はやくも手が廻つて、戸口に官憲が立つてはり番してゐたからであつた。それは黒衣の青年ファシスト党員で大きな釜のやうな帽子をかぶり四角い肩つきをして、じつと私を眺めてゐた。そしておもむろに声をかけた。

——君は誰かね。国籍は、支那だね。

すねにもつ傷をかくすために私はわざと胸をはつて答へた。

——冗談ぢやない。私は日本人ですよ。

——なに日本人。われらが盟邦の友人ですな。それはどうも。世界はファシストの鉄の掟でなければ安定しないといふ原理は、あなたの国の方達がとうから宣揚してゐられることですね。それにしてもこんなにおそくなるまで御保養とは。保養は必要ですよ。しかしこのへんは物騒なところで、ギャング、つゝもたせなど犯罪が毎夜何件ともしれないですからくれぐ〳〵も御要慎を。ホテルが御用なら御案内もいたしませう。では、御手を。握手を一つ。

はゞひろな片手を出されて私は、罪蹟のある手を嗅ぎつけられはしまいかと、びく〳〵しながら、さし出すのだつた。

ファシスト党員は無造作に私の手をにぎつてはなしてくれたので、はふ〳〵のていでそこを逃れ去らうとすると、

——あゝ一寸。

とよびとめられた。

胸とどろかせて二三歩後戻りすると、党員殿はポケットから恰好の悪い痩せひよろけたやうながい一本の葉巻を出した。葉巻はイタリー国旗のもやうの紙に巻かれてゐる。彼は、ペキンとまんなかゝらそれを二つに折つて片々《かたかた》をすゝめた。（この煙草はさうしてのむ習慣になつてゐる。）

——さあ、どうぞ。おつけください。トスカーノを一ぷく。


出船の笛、霧の重たさ、ぬきさしならぬふかい眠りのなかでのねむれないものの待焦《まちこが》れ。私は、将棋のやうに棗椰子《なつめ》の並木が行儀よく列《なら》んでゐるサンタ・ルチアの海岸を歩きまはつた。そこにもファシスト党員の黒い帽子が道すぢ一町ぐらゐに立つて警戒してゐるのだつた。彼らはなにを警戒するのか。密輸入者か。外来の思想か。やみの女か。私は、成丈《なるたけ》目にふれぬやうに、うしろ向の背後をそつと走りぬけた。そして海岸に立つては、ヴェスビオスが雑炊鍋のやうに赤い火照りを闇空にうつしてゐる港の景色をいつまでもながめた。目の下には灰いろの針金屑のやうにからみあつた帆檣《ほばしら》の群。やがて衰へてゆく星くづ。篝火《かがりび》の汚点《しみ》。めざめなければならないものの悒愁《いふしう》と疲れがあたりいつぱいにみなぎりはじめる。めざめることのうそ寒さ。あぢきなさ、つらさ。夜もすがらねむりつけなかつたものの心のおびえ。光を怖れる罪人の気持、瓦斯燈《ガス》のしたの草叢《くさむら》に翡翠《ひすい》いろの櫛でも落ちてゐるやうな緑のすて椅子に腰をかけて私は、外套の襟に顔をつつこんでうたたねをした。

私が昨日歩いた港裏の方へ下りていつたころはもうすつかり明けはなれた朝だつた。世界でやかましい二つの国民といはれる支那とよく似たイタリーの細民たちが、ぼろのねどこから起きて、街といふ街にさへづりたてゝゐる。商人達はうり声をあげ、手車がわり石のうへにから〳〵と鳴つてをどつてゐる。

ぬれた葉のうへにならべた豆腐のやうな柔かい乾酪《チーズ》、唐辛子漬、林檎の皮の曲むき、おもちやの風車。紅い太ひぢをむき出したかみさんや、三角肩掛をした娘たち、黒ん坊、乞食、小鳥屋などが、おしあひへしあひして狭い路をふさいでゐる。

地中海の魚料理が名物のこのナポリでは、さすが海の幸はゆたかである。昨夜の漁の獲物をならべて魚うりが一ところにかたまつて店をひらいてゐる。ぬれたばん台や、槽のなかの魚は、のぞいてみるとみんないきがいゝ。水を飛ばしてぴちやり〳〵といきなり顔へしぶきをかけてよこすものもある。しやこがゐる。大きなうつぼが、たらひ一ぱいに幅をとつて惨忍さうな口をもぐ〳〵させてゐる。蟇《がま》に似た褐色の紋様のある大烏賊が、怒のためにときぐ〳〵ふくれあがつてみせる。一つの槽には小さな貝殻類が、少年隊員が片手あげて党員にあいさつするときのやうに、一せいに舌を出してあいさつする。どの槽も陽をうけて、朝の陽炎で揺れかゞやいてゐる。さはるとこはれ、手に傷をしさうなガラス細工の小えびが、やはりガラスの細い無類の手足を、光線と反射のなかにうごかしてゐる。さて〳〵、なににによらず、生きてゐるといふことは容易ならない仕掛けではないか。

——ほら、安売りだ。安売りだ。もつてけ。

魚屋の威勢のいゝところなどイタリーは日本にもよく似てゐる。

あんまりまぶしいながめのため、ねむり足らない私の眼は、泪でつぶれさうになつてゐた。ふと一つの板のうへに紅いえらを大きくひつく〳〵と喘いで、小魚がならべられてゐるのに注意した。よく〳〵みるとそれは、どれもこれも、十二三歳の小娘で、昨夜の娘をそつくりおもひ出させるのだつた。ひぢのかどや、ひざがしらの、すりむけたやうに紅潮をさしてゐる具合もまちがひのない人間の娘だつた。だが、それが他の連中には、人間の子などゝはみえないのか、それともしりつゝとぼけてゐるのか、いぢらしいといふ顔つき一つするものはなく、互ひに総菜を安くねぎつて買はうものと、血眼になつてゐるにすぎず、また商人の方も売物に、なんのしんしやくのある筈もないのであつた。
私はいたくしげにその一尾を手にのせてながめてゐると、この先破廉恥に、このまゝで生きてゆけないやうに慚愧後悔にさいなまれて、なきをめきたくなるのだつたが、――それほどのおもひすら、慈悲なる忘却をもつて、結局は、おめくとながらへつゞけることになるのだらうとおもふと、泣き笑ひになるより他はなかつたのだつた。なによりも、一刻も早くナポリを去らう。
さうおもひながら喘いでゐる小魚の口のなかをみると、一個の真鍮の釣針がひつかゝつてゐた。私はせめてもと、その針を苦心してはづしてやつた。
そして針を眼に近よせて点検してみると、細字で刻んだ所有者の銘がある。一字一字をやつとひろひよむと、その字はみんなで九字で、
Mussolini
とあつた。

# 龍

マロニエのふかぐとした並木。毛並のあらくしい、そのくせ姿態のしをらしい、うつくしい猛獣の豹にもくらぶべきP嬢の、しつとりとういた汗に感応する、からだごとひつたくるやうなはげしい電流。


ミモザの並木。

アカシヤの並木。

五月の並木は、巴里に添へた新鮮なサラダだ。わかい並木の肌ざはりは、うぶ毛のやはらかいP嬢の肌のやうにあたらしいをのゝきでふれてくるのだつた。

私にとつてこの歳のこの季節は、P嬢であふれてゐるのである。

P嬢をおもひうかべてゐるときだけ、このこゝろはなんの障礙《しやうがい》もなく、自在な方角へとどまらず流れて、放流することができるのである。私のこゝろは、空虚だといつてよかつた。

私がアナルシストでなにかと破壊することばかり考へてゐる人間だとおもつてゐる人があるが、これはとんでもない誤解だ。それどころかむしろ、救ひがたい迷信のかたまりで、ありえないことを信じて怖れたり悩んだりしてゐるへん屈人なのだ。だがＰ嬢について思をはせてゐるとき、そのときに限つては、なにか霊感をもつことのできる異常人のそぶりを真似することができるのだつた。そこで私はなにか傑作でも書くつもりになつたものだ。

私のこの心象が並木のなかを、どうやつてかへつてくることができるかわからないほど遠くまでおよぎまはつてゐるとき、カフェ・カプラール、カフェ・コスモス、カフェ・ナポリテン、カフェ・クーポールの宵々《よひよひ》の群像のなかに、波のなかのシシリイ島のやうにうたつてゐるＰ嬢のおかつぱ頭をみつけたので、私は何度もふりかへらせようとして人さし指をあげたものだ。

――Ｐ嬢はやつぱりゐたのだ。

現に、私は、それを見たんだから。水をあげた水仙のやうな椅子に腰をかけ、坊さんくさいベネヂクチンを舌の先で一寸さはつてみて私はじぶんの落胆をなぐさめてやる。

――一寸した不注意で見失つただけなんだ。Ｐ嬢を私はよくしつてゐる。人は冷たい女のやうにおもふかもしれないがあれはほんたうは心のいゝ女だ。私が夢をみてるんだつて？

そんな事があるものか。P孃はまちがひなく実在するんだ。こんどこそあの女を逃がすもんか。

彼女のせすぢを這つて、並木の葉をたちまち蒼白にする、パリーの初夏の寒流が、二日三日といふあひだうちつゞく、そんなころほひのことであつた。

ある晩リュー・ド・ブーラール三十二番地の天井に大きなひゞのはひつた下宿の一室で私が稀薄な気体にでもなつてしまひさうな心でゐるとき、突然、P孃が現はれた。しかも、彼女は、私のうすよごれたベッドのうへに腰かけて、私をながめてからかひさうにわらつてゐる。

――あなたははるばる世界の東のはづれから、あたしをさがしにヨーロッパまでやつてきたのね。

――ええ。

――どうしてあたしを知つてゐたの？

――誰でもみんなしつてゐますよ。しかし、とび出してきたのはこの私だけですが。

――それでどうなさらうつていふの？　まさか、私といつしよに暮さうといふんぢやないでせうねえ。……もしさうだつたらあなたは気狂ひよ。

話してゐるあひだにも、彼女から発散し、内から外へたゞよひでゝ部屋いつぱいにむせかへつて、むか〳〵させ、人の気をしまひにはとほくさせるやうなものでどんよりにごるのを感じた。運命がこの部屋のなかにいろいろなあやしい卵をうみつけてしまつたやうだつた。

一つしかない小さな窓からくすぶつた煙突、コザックのやうに霧に消えたりあらはれたりする、寂寥《せきれう》、寒気、餓ゑの風景のみをみてくらしてきたあげくなので私はもう、どんな災害も身の破滅も考へず、彼女をかへしてはならないとおもひつめるのであつた。

それにしてもP嬢といふ女は浮気女か、出鱈目の魂胆か、それとも、おもひもよらないほどいゝ心なのか、一緒にゐればゐるほど、話せば話すほど私にはわからなくなつてゆくのであつた。案外たあいない女で、心の弱さ、あきらめのわるさ故に男を血だらけにさせたまゝ、ひきずつてゆくやうな、凡くらな女かもしれぬとそんな風にもおもへる。だが私は、私がP嬢にいだいた幻影、彼女についての迷信をうちこはすことは考へねばならなかつた。彼女の頬にある黒子《ほくろ》一つの位置もときには賽子《さいころ》のやうに気まぐれにもみえ、時には星座のやうな厳《おごそ》かな神秘をともなつてくる。

——あなたはまだ、パリーをごぞんじないのねえ。パリーは、お化粧箱のやうにごた〳〵

とよごれてゐて、それで人をひきつけるのよ。パリーはあそぶとこ、恋愛したり忘れたりするところ。あなたみたいに生まじめにふさぎこんでばかりゐたつてしかたがないぢやないの?

パリー女のきまり文句だつた。女の言葉はシャンソンだ。イデーなんかはどうでもいゝのだ。P嬢が手をはなすと、フォリベリジェの舞台のやうに、燦々《きらきら》な上着がとれてシュミーズ一つ。彼女のまばゆいやうな柑子《かうじ》色の肌に、パリー名所の幻燈がうつつては変る。黄ろいシュミーズのしたで肌は藤色から紅色にかはり、シュミーズの落ちた肌は乳いろになつて、うすい静脈がにほつてゐる。それこそセーヌ。おかつぱにきりそろへたえり首は水際立つたシャンゼリゼ。古葉書のスタンプのやうに、ルイ王朝からの接吻のこつてゐる唇。だが、けさおいた露にぬれた新鮮な唇。私がおもはず抱きよせようとして近づいたとき、はからず眼についた。

――この痍《きず》あとは?

――ペラシェーズの壁よ。コンミュン・バリカードの銃の痕《あと》。

私がいたづらな眼をおとして、小高い、かたちのいゝさし乳のばらいろのパゴダを指でつつくと、

――あたしのサクレキュル（聖心寺）。

といひながら彼女は身をちぢめる。

――もうこれから、どつこへもゆかないね。

私は、うつくしいP嬢、まことは気位のたかい娼婦を抱きしめながらいつたものだ。

女はベッドにながく〳〵と横になつて足の指先を上手にそらせて本の頁をめくりながら、長い銀のパイプで「パルト」をふかしてゐた。

この大がかりな季節のかはり目で、雨か、嵐かを待つて低迷してゐた私の心は、彼女からの確証をつかまなければどうしても落つかないのである。

――なぜそんな、狙撃するやうな眼つきで私をみてゐるの？

私は猶も黙つてみつめてゐる。

――あなた、龍といふものを御存じ？

――角のある蛇だらう。

――さう。

――まだしつてるよ。君のいふのはもちろん西洋の龍でドラゴンといふ奴だろ。聖ジョルジュが槍の先でつつついてゐる、お竃《かま》みたいに不かつかうなあいつだろ。私がよくしつてゐるのは東洋の龍ですよ。蛟《みづち》とか、蒼龍《さうりよう》とかいつて、ひどくスマートな奴さ。蟠《わだか》まる黒雲のなかに、マツダランプのほそい金線のやうにふるへながら横になつてゐる。で、その龍がどうしたの？

――いゝえ。なんでもない。きいてみただけ。

私は不安になつてきた、彼女の顔がひどく淋しくみえてきたからだ。私はせめて問ひただした。

――ぢやあ、いふわ、私ね、

――ふむ、

――そろ〳〵天へかへらなくつてはならないの。

――昇天するんだね、君は。

私はそれをきくと一緒に考へこんでしまつた。

私はP嬢がたゞの女でないことが合点いつてきた。そしてじつとみてゐると、燈のしたに、光沢のふかい銀色の鱗をいちめんにかゞやかせながらシーツに横はつてゐる彼女のからだから硫黄《いわう》のやうなにほひを発散させながら、火よりもつめたく氷のやうに熱いものが、私のなかをふるへながら貫いてゆくのをおぼえた。

あくる日もあひかはらずうすぐらくかげつてゐるやうな曇天だつた。雷がガラスの窓わくをびり〱ふるはせながらわたつてゆく。私は、P嬢を送つて一緒に街へ出ていつた。

頭のうへの並木は、金茶色にしろつぽけ、まるで深潭《しんたん》のふちにでものぞんでゐるやうに、暗澹《あんたん》となり渦巻となつて、人のからだやたましひをずる〱と曳きずりこんでゆきさうであつた。

並木の下で別れの接吻をした。私の唇が近づくと、女の唇は柘榴の実がはじけるやうな音をたてゝまつ赤にはぜ返つた。

——ねえ。こんどはいつ？

女はからかふやうに私の顔をみてだまつて笑つてゐた。しかし、かなしさうであつた。

——ごきげんよう。お達者でねえ。

私はもう一度彼女を引き止めようと決心した。しかし彼女の両足はそのとき、鋪道から一尺ばかりはなれた宙にういてゐて、私は爪先立たなければ彼女の腰を抱きとめることができなかつた。

——さ、はなして。みつともないわ。

――だつて、君。ほんたうに天へのぼるつもりなの。

彼女の靴先がもう私の頭の上にあつて、手をのばしてもとゞかない。

愛情位ではたうてい彼女を引止めることはできないのだ。せめて、百フランの金がこゝになければ。

あきらめねばならないと私は考へる。たちまち目のくらむやうな光りものがして、彼女のひばらから、ひぢや指のふしから、いなづまが、蠟マッチでもするやうにぱちぱちと燃えあがり、小さな焰がついたり、消えたりした。そしてみるまに彼女のからだは、並木のふかい緑黒の奥に、なが〳〵と横はつて、一尾の黄金の蛟龍《かうりよう》の姿としてふりあふがれた。龍は身のまはりに、煌々とした光気の暈《かさ》をひらいてゐた。

私は、悲しい出世を見送るやうな、あるひは人身《ひとみ》御《ご》供《くう》をさゝげるやうな、不思議な気持でいつまでもいつまでもみあげてゐた。

パリーの街は、紙で作つた細工のやうに浮きあがり、遠くの並木が行儀よく行列して、カルタのエースか、警官隊のやうに立つて、やがてくる雨がぬれるがまゝに頭からふりかかるのを待つてゐた。

# エルヴェルフェルトの首

バタビヤの第一の名物は、総督クーンの銅像でもない。凱旋門でもない。それはピーター・エルヴェルフェルトの首だ。

全くそれは一寸よそに類のないみせものである。

ピーター・エルヴェルフェルトといふ男は、生粋な謀反人《むほんにん》であつた。彼は混血児で、奸《かん》佞《ねい》な男だつた。十八世紀の頃和蘭政府を顚覆し、和蘭人をみなごろしにする計画をたて、遂行のまぎはになつて発覚し、蘭人側のあらん限りの呪ひと、憎しみのうちに処刑され、その首が梟首《けうしゆ》されたまゝ今日までさらしつゞけられてゐるのである。

その首は、碑の石壁のうへにつきでた槍の穂先にぬかれて、その穂先が脳天から一寸ばかりもうへのはうへ突出てゐる。槍も首（それは、木乃伊《ミイラ》になつてゐる）も、一つのものの様にさびついて、鉄屑のやうに赤くなつてゐる。

厚い石壁のおもてには、和蘭語で、克明に梟首の趣意が刻みつけられてある。日輪からも、月からものろはれてあれといふ最上級の呪詛の言葉だ。この近所へ、石をはこんだり、家を建てたり、たゞしは耕作をしたりすることを、未来永恒にわたつて禁ずるとも書加へてあつた。おそらく彼らは自然に逆らつてまでも、さらしものがわからなくなり呪詛が忘れられることを恐れたのであらう。

この首のあり場所は、旧バタビヤのじやがたら街道のものさびしい所で、その前を旧バタビヤから、ウェルトフレデン（新バタビヤ）へゆく電車が通つてゐる。丁度この首のあるあたりから荒廃地になつて椰子の林がつゞいてゐて、強烈な太陽の光を浴び、それを引裂き、あらくれた意慾で、ふざけまはつてゐる。

むかしは、このあたりの瓦礫場《ぐわれき》がバタビヤ繁栄の中心であつたのだが、ペストの大流行のために人が全滅し、いまではこの辺に家を建てたり、街をつくることはいとはしいことにさへおもはれてゐる。

エルヴェルフェルトの首は、一層、好都合な場所にあるわけである。

——こんなに固まるのはをかしい。その後つくり直したのではないか。

と、爪哇《ジヤワ》人の御者《ぎよしや》にいふと、

——加工してあるかもしれないが、真物ですよ。

と答へた。辻馬車《サード》を近々と曳かせてエルヴェルフェルトに、顔をよせてみた。頬はこけてゐたが、顴骨《けんこつ》が高く逞ましい骨ぐみの偉丈夫らしい骨格をうかゞふことができた。壁のうしろは、一めんにくろ〴〵とした老芭蕉林で、びりびりした葉がやぶれた旗か僧衣のやうに、首のまはりに縦横に垂れさがつてゐた。

その破れた葉は宙空で、えものをがつちりくんだやうに、くみあつたまゝひつそりとしてゐた。そして恐しい殺気が、すきまもなくみなぎつてゐるやうにおもはれた。やがて、その葉はいきづまる緊張をくづして、コツ〳〵と骨をたゝくやうな声をたてゝわらひ出した。驟雨《スコール》がやつてくるまへぶれである。

ピーター・エルヴェルフェルトの首は、いぎりす人の忠告によつて、「非人道的であり、非文明的である」といふ見地から、早晩とりはらはれることになつてゐるといふ。しかし、蘭印の民族運動が基礎を鞏固《きようこ》にし、……の潜勢力が勢づいてゐる今日、和蘭政府側では、この首の興行価値をこれからのものとして考へてゐるかもしれない。あるひはまた、この首自身が、謀反の敗北を勝利にするのをながめてゐたいとおもつて、とりのけられることを大きに迷惑がつてゐるかもしれない。

狡智と武器をもつて和蘭政府は、マタラム王朝を追ひつめた。彼らは土民を奴隷として、ながい強制労働に疲憊《ひはい》させた。笞《むち》と牢獄の脅しで、彼等土民の最後の一滴の血までをすすつた。三百年の統治のあひだに、爪哇は和蘭の富の天国となつたが、土人たちの心も、からだも、みわたすかぎり荒廃した。

バタビヤを出発して、チェリボン、スマラン、スラバヤまで、私は、どこでも、はりもない、力もない、疲れはてた人間のつらなりをみてきた。どのこゝろも、はずむことができない心であつた。

懶惰《らんだ》で、狡猾で、めさきのことで慾ばつたり、憤つたりすることしかしらないからだ。彼らのこゝろが猶希望にむすばれてゐるとすれば、それはメッカの聖地の方角より他ではない。回教は彼等のつかれた心の唄であつた。彼らはそこに現実を逃避する。彼らのはかない生涯の虚栄も、メッカに参拝して、ハジの位をうけ、白いトルコ帽をかぶるといふ事にある。蓄財する張合ひもメッカまゐりの費用をめあてにしてである。

狡猾な汽船会社は、毎年、参拝航路船を出して、彼らが一生涯かゝつて作つた膏血《かうけつ》の結晶を、おほまかにこそげとる。衛生設備のために、かへりの航路、数百人が疫病でたふれたといふ記事を読んだことがある。

彼らは猶回教の血で起上る力がある。彼らは回教王国の理想にむかつてサリカット・ブルウム・インドネシアの団結をつくつてゐる。彼らはなほスースナン（天地の柱の神。王族）の神聖を信じてゐる。和蘭政府は、そこでも彼らにしやぶらせる飴菓子として、スースナンの王位をソローに、回教のサルタンをジョクジャに封冊《ほうさく》して、政権を奪ひ、空名を存立させてゐる。そのうへ、彼らのうへには、いつもきなくさい砲口のニヒルが口をあいてゐる。外国に対する体面と、みえのため、土人達の進歩主義者を懐柔するため、教育の門戸はひらかれ、土人議員は選出される。しかもその教育は技術方面に局限され、議員の言論は、束ねて棄てられる反古《ほご》にひとしい。総督政府は、貪婪《どんらん》な私利よりほかになにもないのだ。彼らの曲事《くせごと》は彼らとして正しいので、彼らの爪哇に於ける存在が已《すで》に詛《のろ》はれなければならない。それは嬰児《えいじ》にでもわかりきつてゐる。彼らを追ひはらひ、そのためには彼らをみなごろしにすることでも、爪哇人にとつては正しいのだ。しかも猶、コムミュニズムは、彼らには手のつけやうもない厄介な巨きな機械のやうなものだ。

謀反人エルヴェルフェルトの首は、壁のうへで、いまもはつきりと謀反しつゞけてゐる。たとへ彼の××が、いかなる正義も味方しないとしても、××である故をもつて、まつさきに正しいのではないか。スースナンにも、サルタンにも和蘭にも、コムミュニズムにも、次々にきたるすべてのタブーにむかつて叛乱しつゞける無所有の精神のうつくしさが、そのとき私の心をかすめ、私の血を花のやうにさわがせていつた。私はエルヴェルフェルトの不敵な鼻嵐をきいたのだ。

遠雷がなりつゞけてゐた。私の辻馬車《サード》は、じやがたらの荒れすさんだ路をかけぬけようとあせつてゐた。うちつゞく椰子林のなかの光は鈍く、反射し、てりかへし、あたかも、天地のすみぐ〱に、いたるところにしかけた火薬がふすぼりだして、いまにも爆破しさうな瞬間のやうにおもはれた。そして遠方にならんだ椰子の列は、土嚢をつんだやうな灰空の下で、一せいに悲しい点字の音のつゞくやうに機関銃をうちはじめた。

私は目をつぶつて、胸にゐがいた。剣に貫かれた首の紋章。ピーター・エルヴェルフェルト。

# 詩・散文選II

『鮫』より

# 泡

## 一

天が、青っぱなをすゝる。
戦争がある。

だが、双眼鏡《めがね》にうつるものは、鈍痛のやうにくらりとひかる揚子江《ヤンツーキャン》の水。
そればかりだ。

おりもののやうにうすい水…………がばがばと鳴る水。
捲《ま》きおとされる水のうねりにのって

なんの影よりも老いぼれて、
おいらの船体のかげがすゝむ。

らんかんも、そこに佇んで
不安をみおろしてゐるおいらの影も、

愛のない晴天だ。
日輪は、贋金《しんこつ》だ。

二

呉淞《ウースン》はみどり、子どものあたまにはびこる、疥癬《くさ》のやうだ。
下関《シャーカン》はたゞ、しほっから声の鴉がさわいでゐた。

うらがなしいあさがたのガスのなかから、
軍艦どものいん気な筒ぐちが、
「支那」のよこはらをぢっとみる。

ときをり、けんたうはづれな砲弾が、
　濁水のあっち、こっちに、
ぼっこり、ぼっこりと穴をあけた。

その不吉な笑窪を、おいらはさがしてゐた。

水のうへにしゅうしゅうきえた小銃の雀斑《そばかす》を。
もぐりこむ曇日《どんじつ》を、
なみにちってゆくこさめを、

頭痛にひゞくとほくの砲轟。

「方図《はうづ》もない忘却」のきいろい水のうへを…………冬蠅のやうに、おいらはまひまひした。

三

――乞食になるか。匪になるか。兵《ピン》になるか。

……さもなければ、餓死するか。


づぐろい、萎《しな》びた顔、殺気ばしっためつき、くろい歯ぐき、がつがつした湖南なまり、ひっちょった傘。ひきずる銃。

流民どもは、連年、東にやとはれ、西に流離した。

がやがやといってやつらは、荷輛につめられて、転々として戦線から戦線に輸送された。

辛子のやうに痛い、ぶつぶつたぎった戦争にむかって、やつらは、むやみに曳金をひいた。

いきるためにうまれてきたやつらにとって、すべてはいきるためのことであった。

それだのに、やつらはをかしいほどころころと死んでいった。

……………一つ一つへそのある死骸をひきずつて……………………。

夜のあけきらぬうちにはこんで川底に、糞便のやうに棄てた。

ふるさとのあるやつも。ふるさとのないやつも。


そのからだどもはやっぱり、寒がったり、あつがったりするからだだったのに。

いまはどれも、蓮根のやうに孔《あな》があいて、肉がちぎれて百ひろがでて、かほがくっしゃりとつぶされて。

あんまりななりゆきに、やつらは、こくびをかしげ、うではひぢに、ひぢはとなりのひぢに、あわてふためいてたづねる。

——なぜ、おいらは、こんな死骸なんかになったのかしら。

だが、いくらかんがへてみても駄目だ。やつらの頭盧には、むなしいひびきをたててひとすぢに、濁水がそゝぎこむ。

氾濫する水は、——「忘れろ」といふ。

……………………いったい誰だ。誰なんだ。
おいらは、これで満足といふわけか。
だが、水は、やっぱり「忘れろ」といふ。

混沌のなかで、川蝦《えび》が、一寸づつ肉をくひきっては、をどる。
コレラの嘔吐にあつまる川蝦が。

水のうへの光は、
一望の寒慄《かんりつ》をかきたてる。

白痴――

蕭殺《せうさつ》とした河づらを、
跛足《びっこ》のふね、らんかんにのって辷りながら、おいらは、くらやみのそこのそこからはるばるると、あがってくるものを待ってゐた。

それは、のろひでもなかった。
うったへでもなかった。

やつらの鼻からあがってくる
大きな泡。

やつらの耳からあがってくる
小さな泡。

# どぶ

## 一

おしろいをぬるのをおぼえてから、女は、からだをうっていきるやうになつた。

そのよごれた化粧のあかが、日夜、どぶにながれこんだ。

どぶには、傘《からかさ》の轆轤《ろくろ》や、藁くづ、猫の死骸、尿《いばり》や、吐瀉物や、もっとえたいのしれないものが、あぢきないものが、かたちくづれ、でろでろに正体のないものが、ながれるあてのないものが、うごくはりあひのないものが、誰かがひろひあげようとおもひつくにはもう遠すぎるものが、やみのそこのそこをくぐっては、つとうかびあがってきて、あっちこっちで、くさい噯気《おくび》をした。


女は、わが血にもその汚水がまざり、めぐって、はだのいろにもどんよりと滲みでてゐるとおもった。どぶにかこまれた一劃で女は、てすりから水をながめくらしなま唾をはいた。乱杭にひっかかって、すてられ、ただようてゐるごみ芥《あくた》と、つまりはおなし流れもので、ねたって、起きてみたって、わらったって、死んだっていきたって、どうでおなしとわが身をおもひこんだ——なにもひけ目はねえ。…………女はからだをうっていきるほかはないのだから。

うれしがらせをさゝやきにくるこんにゃくどもも、女とねて、女をしゃぶりまはしたあとでは、こんな女とねてしみついたきたならしさを、どう洗ひおとしたものかといらだちながら、おのれにあいそをつかしていった。

——女ぢゃねえ。いや人間でもねえ。あれは、糞壷なんだ。

二

夕ぐれは侘しく、

朝、朝は、もっとかなしかった。

まだ青い果実《くだもの》のやうな朝あけに、女は夢をみた。

女は、これで死ぬのだなと考へながら、苦のほっとぬけた、らくらくした、でも、それではあんまり淋しすぎるきもちで、つめたい鉄の寝室に横はってゐた。かんご婦たちが蛾のやうにそれをとりまいてゐた。憎悪と一生のつらあてにわざとなげだしたやうな、ひねくれ歪んだ女のからだを、医師が診察した。あきらめきれぬことでいっぱいのあきらめのはての、いたいたしいこだまにきゝいるやうに、コツコツ胸を叩いては、小首をかしげ、医師はいった。

——こどもだよ。だが、いゝかね。うまれようとする命には、のぞみもない。ひかりもない。それに……。

わがからだのことながら、懐胎した眩《まば》ゆさに女は、度を失ひ、かなしんで、こびて、すなほさばかりになって

——どうして、どうして、先生さま。うんではいけないと仰言《おつしや》るのです。あの児がでてくるのに障《さはり》でございますなら、この骨も、腸《はらわた》もきりくだいてくださいませ。

嗚咽《をえつ》する女をねかせたまゝ、寝台はしづかにすべりはじめ、長い廊下の味爽《まいさう》のすり硝子の、まだこもってゐる海のやうな明るさのなかをいくまがりした。たちまち子宮のおくに、はゞったい、鬼づらをした兇器がおしこまれ、がっきと口をあき、こどものひわひわした頭盧、まだそっくりの未来の夢や、しあはせをはさんでくっしゃりとつぶした。女は、

その音をはっきりきいた。泣叫ぶのも忘れ、憤《いきどほ》るのも忘れ、落雷のあとのふしぎなしづかさにたしづもりのなかで女は、わがみをいき剝ぎにされるやうななまなましいわが悲鳴をきいた。めざめてからも、もはやとりかへしのつかぬ悲しみをこめた悲鳴のみがきこえてゐた。べっとりとくろい寝汗、くちのなかのきいろいねばねば、膿《うみ》、金盥《かなだらひ》のぬけ髪、ひきずり出されたもののあとの、からだのなかにごっぽりとあいた、どううめ合せやうもない穴が、むなしさが、夢ではない。ほんたうだよ。みんな、みんな、ほんたうだよといってるやうであった。

おほきな煤《すす》よ。
きりさめのなかの、おもたい塵芥《ぢんかい》をそっくりかついだ川づらに沿ひ、
ねもやらぬ灯よ。
のぞみをうばはれたかなしいむれに
けふも働け――といふ
めざめの汽笛《ボー》よ。
おゝ。なにもかも疲れきった朝。

橋桁。杭。
杭のならぶやうに、床のうへにめざめる女。
それら、びっしょり濡れて立ちつくすものども、
泥へよろめくもの、坐り所のないものの足並と、
どこかの閘《せき》に漂ふ、うつぶせのはら児たちを
一列にうきあげてみせる
あをじろいむち、
朝の
いなづま。

# 鮫

## 一

海のうはっつらで鮫が、
ごろりごろりと転ってゐる。

鮫は、動かない。

それに、ひとりでに位置がゆづって並んだり、
ぶっちがひになったり、
又は、渺《はる》かなむかうへうすぼんやり
気球のやうに浮上ったり、

どこまでもひょろけて背のたゝない、
竹のやうに青い、だが、どんよりくらい、
　塩辛い……眩《くら》りとする鹹水《かんすい》へ
石塊の塡《つま》った、どぎどぎした空鑵《あきくわん》が、
かるがると、水にもまれておちてゆく。

鮫は、かぶりつかない。
お腹がいっぱいなのだ。

奴《やっこ》たちの腹のなかには、食《は》みでる程人間がつまってゐるのだ。
切口の熟れはじけた片腕や、
もりっと喰取ってきた股から下や、
小枕《こまくら》のやうな胴体が。

鮫はもう、「何も要らねえ」と、眼を細くして、うっとりうとりとしてゐるのだ。

見当外れな斜視《すがめ》。隠忍《いんにん》で、もぎ道《だう》な奴。
鮫は、馬拉加《マラッカ》や、タンジョン・プリオクの白い防波堤《なみよけ》のそとにあつまってゐる。
水先案内所《パイロット・オフィス》の屋根の赤蕪が、
油鍋の波のしぶきをあびるところ。
死骸。
どっからそれを啗《くは》へてきたのだ。
水のうへの部落《カンポン》から、湾口から、
腐れた川口から、
流も塞いで浮くペストの死骸。熱病の死骸。子供の死骸。
青い瓢箪《へうたん》腹の死骸。
奴らは、また、辛抱強く、銛のやうに尖った鼻先を船底にくっつけて、
水葬礼をまってゐる。
ミニコイ島とアフリカのあひだの海が焦げ、たゞれ、霧をうちあげ、のどの奥を鳴らし、

一枚の投げられたビスケット、棺をひきずり廻し、じゃれ、舌つづみをうつ。
死骸。
蠟色で石鹼《しゃぼん》のやうに磨滅してゆく死骸。
死骸。
……一滴の血も残ってゐぬ死骸。
死骸。ぶらついてゐる、漾《ただよ》ってゐる死骸。
水母《ヒドラ》のやうに足搔いてゐる死骸。紐のやうな臓腑。
　水のたまった貝のやうな大頭。
鮫は、それを切断機のやうにプッツンと切る。

鮫は、ごろりごろりとしながら、
人間の馳走をいくらでもまってゐる。
奴らの膚《はだ》はぬるぬるで、青っくさく、
いやなにほひがツーンと頭に沁る。

デッキのうへに曳ずりあげてみると鮫の奴、
せとものの大きな据風呂のやうに、
頭もない。
しっぽもない。
だが、お得意の海のなかでは、重砲のやうに威大で、底意地悪くて、その筒先はうすぐらく、陰惨にふすぼりかへってゐる。
奴らは、モーゼの奇蹟のやうに、世界の水をせなかで半分に裂き、死の大鎌のやうに渚をゐぐりとって、倏忽《しゆくこつ》と現はれ、たちまち消える。

鮫。
あいつは刃《やいば》だ。
刃の危なさだ。研ぎたてなのだ。
刃のぎらぎらしたこまかい苛立ちだ。
鮫。

あいつは心臓がなくて、この世のなかを横行してゐる、無惨な奴だ。
……………………。

二

——吾等は、基督教徒と香料を求めてここに至る。
ヴスコ・ダ・ガマの印度上陸のこの言葉は、
——吾等は、奴隷と掠奪品《りやくだつ》を求めてここに至る。
と、するもよし。
ヤン・ピーターソン・クーンは、バタビヤに砲塁を築き
サー・スタンフォード・ラッフルスは、獅子島《シンガプラ》の関門を扼《やく》して、暹羅《シャム》、日本、支那の手を
　ねちあげる根城を張った。
奴らの艦隊は、龍舌蘭《ボア・プラカ》のやうに分厚に肥り、白い粉をいちめんにふいて、
ちっと開いてゐる。

軍艦とは、単に壮観をつくるための、一つの園芸《コボン》にすぎないのか。

それは、平和の防備だといふのか。

粛々として威儀を正してゐるだけか。

否、否、否、奴らは丁度、お腹がいっぱいといふにすぎないのだ。
奴らの腹は不消化な人間の死骸で満腹だのに、
ふてぶてしくも腹をかへし、細い眼を、片方つぶってこちらへ合図をする。

海水は、綺麗で、辛い。眼にしみこむ。

洗って、漂白《さら》されて、ひりひりしてゐる。

その水のなかには、影のやうな水蜘蛛。

珊瑚屑。

丹《あか》く錆びた昔の砲《つゝ》。

そして、鮫の奴ときたら、金持の西洋人のやうにまっ白で、大きなからだを思ふさまいう
いうと、プールのなかでのばす。

髯をあたったあとの、草のやうに匂ふ頬ぺた。
おどけ鏡のやうに伸びちゞみする水のなかで、
鮫の奴。
はづかしながら丸裸だ。
さうだ。こんなにチカチカする鹹水《かんすい》に浮いては、
艦隊だって、水の照り、揺りで、
みんな、お臍の穴が擽《くす》ぐったいのだ。

俺は、そんな波のなかを眩暈《くる》めきながら、
黒い蝙蝠《かうもり》傘一本さしてふらついてゐる。
五年、七年、やがて、十年、
あはれや、指も一本一本喰切られ、からだのあっちこっちもなくなって、殆んど半分にな
　ってしまって、
ふしぎな潮流に、急き立てられてみたり、

置き捨てられたりしてゐる。

赤道の下で、スマトラ海峡で。


世間は俺の片輪を嗤ひ、俺はそれにすら甘えてゐる。

なんといふみじめな遊戯。愚かなだうだうめぐり。

それだのに、俺の臓腑は、海水でゆすがれすぎて、きれいすぎて、痛い。

しぼるやうに血がにじんでくる。

奴らが、俺の横をスっと辷ってゆくとき、
俺の胆っ玉はふはりと浮上り、俺は帽子を一寸うかせて、チャーリイもどきのあいさつをする。

だが、ゆきずりの鮫の鼻が俺を小づいて、
少々、むきを変へさせるだけだった。

なぜ、奴らは、俺を食はないのだ。

俺の心には毒があるのか。

俺の肉はまづいのか。腐ってゐるのか。
ちょっと食ひかけてみてもこの頃では、すぐ、俺をほき出してしまふ。
奴らは、たゞ、遊び半分なのだ。
腹がくちい。それをこなしてゐるのだ。
奴らに、食をえらぶ神経なんて、そんなこまかしいものがあってたまるものか。

三

コークスのおこり火のうへに、
シンガポールが載っかってゐる。
ひゞ入った焼石、蹴爪の椰子。ヒンヅー・キリン族。馬来《マレイ》人。南洋産支那人《ババ・ナンキン》。それら、人
　間のからだの焦げる悽愴《せいさう》な臭ひ。
合歓《スナ》木の花と青空。
荷船《トンカン》。
檳榔《びんらう》の血を吐く——赤い眩迷《げんめい》。

鮫は、リゾール水のなかで、鼻っぱしらが爛《ただ》れかけてゐる。
奴らの眼は紅く、ぽっと腫れあがってゐる。

白蚊帳のうへを、
漆喰の壁を、
うす薔薇色のやもりが走る。
汗ばんだ、動悸のはやい、そのひくひくしたからだに、純金の腕環を嵌《は》める。
無毛のうへにおしろい球をのばす広東娘。
鸞輿《らんよ》のやうに飾った暹羅《シャム》の女たち。
星州産榴槤《シンガポールドリアン》
彼女たちのからだはほてって、懈《だる》くって、虚しくって、竹婦人《だきまくら》にまきついてころがってゐる。
娼家の角木からのぞきこんで、
奴らは、凌辱のかぎりを投げる。

石炭の蛆になって苦力達が蠢《うご》めいてゐる。
鉄がいぶる。水がヂューヂューいふ。
渇いてる。憤ってる。まっくらになってゐる彼らがセメントを運ぶ。タールを煮る。
殺風景な街の軒廊《カキ・ルマ》で、断食明《ハリサヤ・プアサ》の力ない泣音をあげる。
彼らは裸で、自分たちにむける砲台を工事してゐる。

鮫は、彼らから、
両腕をパックリ喰取った。
そして、いういうと彼らのまはりを、
メッカの聖地の七めぐりを真似て、
彼らを小馬鹿にしながら、めぐる。

鮫はAUTOのやうにいやにてかてかして、
ひりつく水のなかで、段々成長する。

ニッケル色のマラッカ海峡の水。
芭蕉のまき葉をひろげるやうに石のうへに水の辷る防波堤に、
鮫は、ごろりとからだを寄せる。
かげのない魚と、
ガラスの蝦《えび》。

さうだ。男の血でも、女の血でも、血は海水のなかでは一滴のポルトー酒をたらしたまでだ。

血のかれた俺の唇に吸ひついてゐる、
それは、女だ。やっぱり血のない舌だ。
――えい。誰だって血なんかありはしない。

ふつか酔の水が、いたんで、ぴりぴりとシンガポールの
傷口を洗ってゐる。

四

どこから流れついたんだ。きまぐれな、
　へうきんな奴。
EMDEN。
いや。もっとルンペンさ。それは、
浮流水雷だ。
無数の蛍のやうに煌《きら》めく、小皺だらけな水道で、花ヶ岬《タンジヨン・ブンガ》からマラッカ海峡をそれはふらつ
　いてゐる。
一ミリか、二ミリのちがひでこの爆発物に、
鮫の鼻っ先がふれずに、ゆきちがふ。
知ってゐるのだ。
だまし了《おほ》せた得意さで、
鮫の奴、針の眼をして嗤ってゐるのだ。

だが、この鮫は、すかりと顔をはすかひにそがれてゐた。

奴は、総督クリッフォードのつらつきをしてゐたし

……………………。

尊大、倨傲《きよがう》で、面積の大きな、あらい、すがりどころのない冷酷な、青砥《あをと》のやうな横っつ

ら、その横っつらが平気でいってゐる。

——貴様は、忠実な市民ぢゃない。それかといって、

志士でもない。浮浪人。コジキ。インチキだ。食ひつめものだ。

俺は、女と子供づれで、

どう言ひかへすこともできない。

女の足はひきちぎられ、子供の小さい尻は、かじりとられる。

白い肉の糸が水にゆられてゐる。

俺は、ハッと眼をつぶって、奴らにぶっつかっていった。

奴らは壁だ。なにもうけつけない「世間」といふ要塞《バリケード》なのだ。

そして、海のうへは雨。

波のうへの小紋、淋しい散索《プロムナード》。

俺は、第二の浮流水雷を待ちながら、
浪にゆられてどこかへ流されてゐた。

五

俺はいま、スンダのテロクベトン港外を、赤道下を、マカッサル湾を、リオ群島ビンタン・バタムの水道を、青い苔錆浮いた水のなかを、くらい水のなかを、くらい海藻の林をゆきまよふ。

密林《ジャングル》の喉へ匕首《クリス》のやうに刺さってる川。黒水病。

パハンが、バタンハリが、ペラ河が、ニッパ椰子を涵《ひた》し、濁水を海に流し、落ぶれはてたサゴ椰子が黒々と燻《いぶ》る。

芭蕉の葉の飴色のたまり水に、
蚊がわいわいと唄ってゐる。
税関《カストム》。それは、ペラアンソンだ。コーラクブだ。
　パレンバン港だ。

ゴムは腐って、ボロボロにくづれ、タールになって流れる。
人は、それを喰ひもならず、阿片《チャンド》代りに煙管《カユ》につめて、吸ふわけにもゆかぬ。
ハジ帽どもは衰へた眼つきをして、
突堤の長さにぢっとしゃがみこむ。

港、港をながめて俺がすぎる時、
死、汚物、洪水のあとの水にういた、俺のあたまをヂリヂリ照りつける陽。
水のうへの厠《かはや》、乱杭に、

蛭や、鰭のある蛇がピラピラしてゐる。

ポンセゴン樹のいたゞきの蒼鷺《さぎ》。

赤っちゃけた満水のうへに、荒寥たる景色が帯ほどにみえて、水にのりこされさうになっ
てのっかってゐる。

反射鏡《てりかへし》のやうにどぎつい水のおもて。

鮫の奴。

ここでも俺たちのあとをつけてゐる。

茶椀のかけらのやうな白い腹が、
黄ろいにごりのなかで、俺の前をすぎる。

鮫の七つのきり口がならんで。


鮫。奴は、尾行者《いぬ》のやうにひつこい奴だ。

鮫。泣いても、嘲笑っても駄目。

おどしてもいけない。

どうにもならぬところ迄俺を追ひつめる奴。

俺はいま、南緯八度、経百十五度の、カリモン・ロンボーク沖の珊瑚礁圏をふらふらしてゐる。
月経をそめた鮮紅な鼈甲《べつかふ》と、
マントルのやうな菊目石。

孔雀のやうにりっぱな波のなかで、
俺は、酔っぱらってゐた。
上等なペパミントを飲みすぎたといった態たらくだ。
だが、そいつはひどいメチルだ。
塩水がにがい。一匹の蝶。ボルネオ船が、揉まれてゐる。

ボスチロ・チモール島から、ニューギネアまで、
海は全く、処女林のやうに深い。
金持のサロンへ入ったやうに俺は淋しいのだ。

俺を欺し、俺を錯乱させ、まどはす海。

だが、俺はしってゐる。ふざけてはこまります。海をほのじろくして浮上ってくるもの。

　奈落だ。正体は、鮫のやつだ。

鮫は、ほそい菱形の鼻の穴で、
俺のからだをそっと物色する。


奴らは一斉にいふ。

友情だ。平和だ。社会愛だ。

奴らはそして縦陣《じゅうぢん》をつくる。それは法律だ。輿論《よろん》だ。人間価値だ。

糞、又、そこで、俺達はバラバラになるんだ。

六

あゝ。俺。死骸の死骸。たゞ、逆意のなかに流転してゐる幼い魂、からだ。

常道をにくむ夢。結合へのうらぎり。情誼《じやうぎ》に叛《そむ》く流離。俺は、この傷心の大地球を七度槌《つち》をもつて破壊しても腹が癒えないのだ。

俺をにくみ、俺を批難し、わらひ、敵とする世界をよそにして、いう然としてゐる風を装ひながら

俺はよろける海面のうへで遊び、

アンポタンの酸つぱい水をかぶる。

あれさびれた眺望、希望のない水のうへを、灼熱の苦難、唾と、尿と、西瓜の殻のあひだを、東から南へ、南から西南へ、俺はつくづく放浪にあきはてながら、

あゝ。俺。俺はなぜ放浪をつづけるのか。

女は、俺の腕にまきついてゐる。

子供は、俺の首に縋《すが》つてゐる。

俺は、どこ迄も、まともから奴にぶつかるよりしかたがない。

俺はひよわだ。が、ためらふすきがない。騙かす術も、媚びるてだてもない。一さいがっさいは奪はれ、びりびりにさけたからだで、俺は首だけを横っちょにかしげ、俺の胸の肉をピチャピチャ鳴らしてみせた。


鮫。

鮫は、しかし、動かうとはしない。


奴らは、トッペンのやうなほそい眼つきで、俺たちの方を、藪に睨んでゐる。

どうせ、手前は餌食だよといはぬばかりのつらつきだが、いまは奴ら、からだをうごかすのも大儀なくらゐ、腹がいっぱいなのだ。

奴らの胃のなかには、人間のうでや足が、不消化のまゝでごろごろしてゐる。

鮫の奴は、順ぐりに、俺へ尻をむける。

そのからだにはところどころ青錆が浮いてゐる。

破れたブリキ煙突のやうに、

凹んだり、歪んだりして、
なかには、あちらこちらにボツボツと、
銃弾の穴があいてゐるのもある。
そして、新しいペンキがぷんぷん臭ってゐる。

鮫。
鮫。
鮫。
奴らを詛《のろ》はう。奴らを破壊しよう。
さもなければ、奴らが俺たちを皆喰ふつもりだ。

## 解註。

馬拉加……馬来半島の馬拉加国の旧都・シンガポール港のひらける前は海峡殖民地第一の要港であつた。ポルトガルの手から今日イギリスにうつつてゐる。

タンジョン・プリオク……爪哇の首都バタビアの新港。

ミニコイ島……ペルシア湾から紅海に入る途中にある無人島。

ヴスコ・ダ・ガマ……はじめて希望峰をめぐつて印度に上陸した航海家。

ヤン・ピーターソン・クーン……爪哇第二代のオランダ総督。勇猛果断。

サー・スタンフォード・ラッフルス……獅子島をジョホール王朝より買入れ、今日のシンガポールをひらいた達見の人。

チャーリイ……チャーリイ・チャプリン。

ヒンヅー・キリン族……主として労働に従事してゐる長身痩軀の印度種族。

荷船……槽型の大型な荷船。

檳榔の血……檳榔の実を嚙みて、暑気払ひをする熱帯人の風習。血とは、血のやうに赤いかす汁をあたりきらはず吐きちらすによる。

やもり……肉色をしたやもりは、どこの家の壁にもたく山ゐる。

おしろい球……球状の固白粉をとかして支那人が用ゐてゐる。

榴槤……ドリアンは果実の王と称せられ、季節には、このドリアンのために土人達は家産や妻妾までも賭けると言はれる。ひどい悪臭がある。蹴球のまりほども大きくて、一面に鋭いとげが出てゐる。

竹婦人……長い枕で、炎暑の折、からだを冷すのに抱いて寝る。

娼家の角木……支那人の娼家には、横に四角い木をはめて戸じまりする。

軒廊《カキ・ルマ》……熱帯の町の鋪道が、建物から屋根がでてゐて下を歩くと驟雨がきても大丈夫なやうになつてゐる。

断食明《ハリサヤ・プアサ》……回教の戒律で、一週間、太陽のあるあひだ断食をし、その断食明けにはさかんな祭をする。

メッカの聖地めぐり……回教徒は、メッカの聖地にゆくことを一生の希望にし、そのために働き、そのために蓄財する。殖民地政府はそれを利用してメッカ聖地参拝船を作つてかれらのへそくり迄搾取する。七めぐりは聖地めぐりの規則。

花ヶ岬……馬来半島、ピナン島の勝地。

クリッフォード……シンガポール総督、酷烈な政治をもつて土人達に面したので有名な男。

ニッパ椰子……水生の椰子。

サゴ椰子……澱粉を採取する椰子。

パレンバン……スマトラ第一の要港。

ハジ帽……回教徒がメッカ参りをしてえたハジの位をあらはす白い土耳古《トルコ》帽。彼らは、至上の名誉として人人から尊敬されてくらす。

ポンセゴン樹……巨大な喬木。

アンポタン……龍眼肉に似た、より大きい果実。

トッペン……爪哇の仮面劇に使ふ面。

『落下傘』より

# 落下傘

## 一

落下傘がひらく。
じゆつなげに、
旋花《ひるがほ》のやうに、しをれもつれて。

青天にひとり泛《うか》びたゞよふ
なんといふこの淋しさだ。
雹《ひよう》や

雷の
かたまる雲。
月や虹の映る天体を
ながれるパラソルの
なんといふたよりなさだ。

だが、どこへゆくのだ。
どこへゆきつくのだ。

おちこんでゆくこの速さは
なにごとだ。
なんのあやまちだ。

二

この足のしたにあるのはどこだ。
……わたしの祖国！

さいはひなるかな。わたしはあそこで生れた。
戦捷《せんせふ》の国。
父祖のむかしから
女たちの貞淑な国。

もみ殻や、魚の骨。
ひもじいときにも微笑《ほゝゑ》む
躾《しつけ》。
さむいなりふり

有情《あはれ》な風物。

あそこには、なによりわたしの言葉がすつかり通じ、かほいろの底の意味までわかりあふ、
額の狭い、つきつめた眼光、肩骨のとがつた、なつかしい朋党達がゐる。

「もののふの
たのみあるなかの
酒宴かな。」

洪水《でみづ》のなかの電柱。
草ぶきの廂《ひさし》にも
ゆれる日の丸。

さくらしぐれ。

石理《きめ》あたらしい
忠魂碑。
義理人情の並ぶ家庇。
盆栽。
おきものの富士。

三

ゆらりゆらりとおちてゆきながら
目をつぶり、
双つの足うらをすりあはせて、わたしは祈る。
「神さま。
どうぞ。まちがひなく、ふるさとの楽土につきますやうに。
風のまにまに、海上にふきながされてゆきませんやうに。
足のしたが、刹那にかききえる夢であつたりしませんやうに。

万一、地球の引力にそつぽむかれて、落ちても、落ちても、着くところがないやうな、
悲しいことになりませんやうに。」

# 屍の唄

秋の昼下りのことだつた。
二階障子にさすほしものの影。
乾飯《ほしい》の皿に
よつてくる銀蠅。

唇蒼ざめて立上る女にすがり
お客さんは言つた。
「かくしてわるかつたが

じつはわしは死んでるんだよ。」
お客さんは三角に尖つた喉仏をこくりとやつた。
湿気くさいインバネス。
まあたらしいカンカン帽をぬぎもせず
しよんぼりした肩で坐つてゐた。

「わしはそんなこはいものぢやないよ。」
かあいさうな細い声で
お客さんは、歎願した。

「海をわたつてわしは
はるばるかへつてきた。
あちらではつらいことばつかりだつたよ。
騙されたんだ。むりにつれてかれたんだ。
そしてまあ、やつとのことで、かうして故郷の土をふんだ。

十年といへば一昔だ。このわしをおぼえてゐるものは一人もない。
だが、それでも結構さ。
かへつてきただけでいふことはないのだ。

あんまり早くけさがた着きすぎてね。
まだどこの家も起きてはゐないんだ。
たつた一軒ミルクホールがあいてゐたので
あゝ久しぶりに熱い牛乳をのみながら、
官報をひらいてみた。新聞の匂を嗅いだ。」

白骨のつきだした指のまたに
ゴールデンバットが燃えつきてゐたが
お客さんは気がつかない。熱さを感じないのだ。
お客さんはやさしい人だ。

猶もしづかにはなしつづける。

「それからわしは、公園にいつた。
枯葉に埋《うづ》んだベンチに腰をおろした。
秋はいいね、あわたゞしく散りまふ黄葉《もみぢ》のなかで
わしは透明なおもひでにふけつた。

一度しかなかつた人生がなぜあんなによかつたのだらう。
誰も彼もなつかしくないものはない。
なぜ、その人生を途中からすてねばならなかつたか。
誰のためだらう。どいつにそんな権利があるんだ。

わしは、柄にもない、むしやうに腹が立つた。
だが、まあ、そんなことはどうでもいい。
わしは女の子にあつてみたくてこゝへきたが

怖がらないでおくれ。なんにもしやしない。」

お客さんは、女の肩にかるく手をかけ、
かわいた、かさかさな眼でのぞきこんだ。
女は、それを払ひのけ、窻際《まどぎは》にはひだし
声をかぎり、往来へ救ひをよんだ。

誰一人それをきゝつけるものはなかつた。
それもその筈、けふ歩いてゐるものは
悉《ことごと》く、墓場の石のしたから
ぞろぞろ這ひだしてきたものばかりだ。

時間がうしろへあと戻りしたのか。
太陽までが、冥府からよび返されたのか。
けふといふ日はへんに閑散で

あたりはしらじらしい。物音がない。
女は、しかたがないので、
しくしくと泣きはじめた。

お客さんは大きな口をあいてながながと、
あごのはづれさうな欠伸《あくび》を一つした。

# 寂しさの歌

国家はすべての冷酷な怪物のうち、もつとも冷酷なものとおもはれる。それは冷たい顔で欺く。欺瞞は、その口から這ひ出る。
「我国家は民衆である」と。

ニーチエ・ツアラトウストラはかく語る。

一

どつからしみ出してくるんだ。この寂しさのやつは。
夕ぐれに咲き出たやうな、あの女の肌からか。
あのおもざしからか。うしろ影からか。
糸のやうにほそぼそしたこゝろからか。
そのこゝろをいざなふ

いかにもはかなげな風物からか。
月光。ほのかな障子明りからか。
ほね立つた畳を走る枯葉からか。

その寂しさは、僕らのせすぢに這ひこみ、
しつ気や、かびのやうにしらないまに、
心をくさらせ、膚にしみ出してくる。

金でうられ、金でかはれる女の寂しさだ。
がつがつしたそだちの
みなしごの寂しさだ。

それがみすぎだとおもつてるやつの、

おのれをもたない、形代《かたしろ》だけがゆれうごいてゐる寂しさだ。
もとより人は土器《かはらけ》だ、といふ。

十粒ばかりの洗米をのせた皿。
鼠よもぎのあひだに
捨てられた欠皿。

寂しさは、そのへんから立ちのぼる。
「無」にかへる生の傍らから、
うらばかりよむ習ひの
さぐりあふこゝろとこゝろから。

ふるぼけて黄ろくなつたものから、褪せゆくものから、
たとへば　気むづかしい姑めいた家憲から、
すこしづつ、すこしづつ、

寂しさは目に見えずひろがる。
襖や壁の
雨もりのやうに。
涙じみのやうに。

寂しさは、目をしば〱やらせる落葉焚くけぶり。
ひそひそと流れる水のながれ。
らくばくとしてゆく季節のうつりかはり、枝のさゆらぎ
石の言葉、老けゆく草の穂。すぎゆくすべてだ。

しらかれた萱菅《かやすげ》の
丈なす群をおし倒して、
寂しさは旅立つ。
つめたい落日の
鰯雲。

寂しさは、今夜の宿をもとめて、
とぼとぼとあるく。

夜もすがら山鳴りをきゝつつ、
ひとり、肘を枕にして、
地酒の徳利をふる音に、ふと、
別れてきた子の泣声をきく。

二

寂しさに蔽《おほ》はれたこの国土の、ふかい霧のなかから、
僕はうまれた。

山のいたゞき、峡間を消し、

湖のうへにとぶ霧が
五十年の僕のこしかたと、
ゆく末とをとざしてゐる。

あとから、あとから湧きあがり、閉す雲煙《うんえん》とともに、
この国では、
さびしさ丈けがいつも新鮮だ。

この寂しさのなかから人生のほろ甘さをしがみとり、
それをよりどころにして僕らは詩を書いたものだ。

この寂しさのはてに僕らがながめる。桔梗《ききやう》紫苑《しをん》。
こぼれかかる露もろとも、しだれかかり、手をるがまゝな女たち。
あきらめのはてに咲く日蔭草。

口紅にのこるにがさ、粉黛《ふんたい》のやつれ。——その寂しさの奥に僕はきく。
衰へはやい女の宿命のくらさから、きこえてくる常念仏を。
……鼻紙に包んだ一にぎりの黒髪。——その髪でつないだ太い毛づな。
この寂しさをふしづけた「吉原筏。」

この寂しさを象眼した百目砲《づつ》。

東も西も海で囲まれて、這ひ出すすきもないこの国の人たちは、自らをとぢこめ、
この国こそまづ朝日のさす国と、信じこんだ。

爪楊子をけづるやうに、細々と良心をとがらせて、
しなやかな仮名文字につゞるもののあはれ。寂しさに千度洗はれて、
目もあざやかな歌枕。

象潟《きさかた》や鳰《にほ》の海。

羽箒でゐがいた
志賀のさゞなみ。

鳥海、羽黒の
雲につき入る峯々、
錫杖《しやくちやう》のあとに湧出た奇瑞《きずい》の湯。

遠山がすみ、山ざくら、蒔絵螺鈿《らでん》の秋の虫づくし。
この国にみだれ咲く花の友禅もやう。
うつくしいものは惜しむひまなくうつりゆくと、詠歎をこめて、
いまになほ、自然の寂しさを、詩に小説に書きつゞる人人。
ほんたうに君の言ふとほり、寂しさこその国土着の悲しい宿命で、寂しさより他なにも
　のこさない無一物。

だが、寂しさの後は貧困。水田から、うかばれない百姓ぐらしのながい伝統から
無知とあきらめと、卑屈から寂しさはひろがるのだ。

あゝ、しかし、僕の寂しさは、
こんな国に僕がうまれあはせたことだ。
この国で育ち、友を作り、
朝は味噌汁にふきのたう、
夕食は、筍のさんせうあへの
はげた塗膳に坐ることだ。

そして、やがて老、祖先からうけたこの寂寥《せきれう》を、
子らにゆづり、
樒《しきみ》の葉のかげに、眠りにゆくこと。

そして僕が死んだあと、五年、十年、百年と、

永恒の末の末までも寂しさがつゞき、
地のそこ、海のまはり、列島のはてからはてかけて、
十重《とへ》に二十重《はたへ》に雲霧をこめ、
たちまち、しぐれ、たちまち、はれ、
うつろひやすいときのまの雲の岐《わか》れに、
いつもみづく〳〵しい山や水の傷心をおもふとき、
僕は、茫然とする。僕の力はなえしぼむ。

僕はその寂しさを、決して、この国のふるめかしい風物のなかからひろひ出したのではない。
洋服をきて、巻たばこをふかし、西洋の思想を口にする人達のなかにもそつくり同じやうにながめるのだ。
よりあひの席でも喫茶店でも、友と話してゐるときでも断髪の小娘とをどりながらでも、
あの寂しさが人人のからだから湿気のやうに大きくしみだし、人人のうしろに影をひき、
さら、さら、さらさらと音を立て、あたりにひろがり、あたりにこめて、永恒から永恒へ、

ながれはしるのをきいた。

三

かつてあの寂しさを軽蔑し、毛嫌ひしながらも僕は、わが身の一部としてひそかに執着してゐた。

潮来節《いたこぶし》を。うらぶれたながしの水調子を。

廓《くるわ》うらのそばあんどんと、しつぽくの湯気を。


立廻り、ゐなか役者の狂信徒に似た吊上つた眼つき。


万人が戻つてくる茶漬の味、風流。神信心。

どの家にもある糞壺のにほひをつけた人たちが、僕のまはりをゆきかうてゐる。

その人達にとつて、どうせ僕も一人なのだが。

僕の坐るむかうの椅子で、珈琲を前に、
僕のよんでる同じ夕刊をその人たちもよむ。
小学校では、おなじ字を教はつた。僕らは互ひに日本人だつたので、
日本人であるより幸はないと教へられた。
（それは結構なことだ。が、少々僕らは正直すぎる。）

僕らのうへには同じやうに、万世一系の天皇がいます。

あゝ、なにからなにまで、いやになるほどこまぐ\と、僕らは互ひに似てゐることか。
膚のいろから、眼つきから、人情から、潔癖から、
僕らの命がお互ひに僕らのものでない空無からも、なんと大きな寂しさがふきあげ、天までふきなびいてゐることか。

四

遂にこの寂しい精神のうぶすなたちが、戦争をもつてきたんだ。
君達のせゐぢやない。僕のせゐでは勿論ない。みんな寂しさがなせるわざなんだ。

寂しさが銃をかつがせ、寂しさの釣出しにあつて、旗のなびく方へ、
母や妻をふりすててまで出発したのだ。
かざり職人も、洗濯屋も、手代たちも、学生も、
風にそよぐ民くさになつて。

誰も彼も、区別はない。死ねばいゝと教へられたのだ。

ちんぴらで、小心で、好人物な人人は、「天皇」の名で、目先まつくらになつて、腕白のやうによろこびさわいで出ていつた。

だが、銃後ではびくびくもので
あすの白羽の箭《や》を怖れ、
懐疑と不安をむりにおしのけ、
どうせ助からぬ、せめて今日一日を、
ふるまひ酒で酔つてすごさうとする。
エゴイズムと、愛情の浅さ。
黙々として忍び、乞食のやうに、
つながつて配給をまつ女たち。
日に日にかなしげになつてゆく人人の表情から
国をかたむけた民族の運命の
これほどさしせまつた、ふかい寂しさを僕はまだ、生れてからみたことはなかつたのだ。
しかし、もうどうでもいゝ。僕にとつて、そんな寂しさなんか、今は何でもない。

僕、僕がいま、ほんたうに寂しがつてゐる寂しさは、

この零落の方向とは反対に、
ひとりふみとゞまつて、寂しさの根元をがつきとつきとめようとして、世界といつしよに
歩いてゐるたつた一人の意欲も僕のまはりに感じられない、そのことだ。そのことだけ
なのだ。

昭和二〇・五・五　端午の日

『蛾』より

# 子供の徴兵検査の日に

癩の宣告よりも
もつと絶望的なよび出し。
むりむたいに拉致されて
脅され、
誓はされ、
極印をおされた若いいのちの
整列にまじつて、
僕の子供も立たされる。

どうだい。乾ちやん。

かつての小紳士。
ヘレニズムのお前も
たうとう観念するほかはあるまい。
ながい塀のそつち側には
逃げ路はないぜ。
爪の垢ほどの自由だつて、そこでは、
へそくりのやうにかくし廻るわけにはゆかぬ。
だが柔弱《にうじやく》で、はにかみやの子供は、
じぶんの殻にとぢこもり、
決してまぎれこむまいとしながら、
けづりたての板のやうな
まあたらしい裸で立つてゐる。

父は、遠い、みえないところから
はらはらしながら、それをみつめてゐる。

そしてうなづいてゐる。
ほゝゑんでゐる。
日本ぢゆうに氾濫してゐる濁流のまんなかに
一本立つてゐるほそい葦の茎のやうに、
身辺がおし流されて、いつのまにか
おもひもかけないところにじぶんがゐる
そんな瀬のはやさのなかに
ながされもせずゆれてゐる子供を、
盗まれたらかへつてこない
一人息子の子供を、
子供がゐなくなつては父親が
生きてゆく支へを失ふ、その子供を
とられまいと、うばひ返さうと
愚痴な父親が喰入るやうに眺めてゐる。
そして、子供のうしろ向の背が

子供のいつかいつた言葉をさゝやく。
——だめだよ。助かりつこないさ。
あの連中ときたらまつたく
ヘロデの嬰児殺しみたいにもれなしで
革命議会《コンベンション》の判決みたいに気まぐれだからね。

## 富士

重箱のやうに
狭つくるしいこの日本。

すみからすみまでみみつちく
俺達は数へあげられてゐるのだ。

そして、失礼千万にも
俺達を召集しやがるんだ。
戸籍簿よ。早く焼けてしまへ。
誰も。俺の息子をおぼえてるな。

息子よ。
この手のひらにもみこまれてゐろ。
帽子のうらへ一時、消えてゐろ。

父と母とは、裾野の宿で
一晩ぢゆう、そのことを話した。
裾野の枯林《こりん》をぬらして

小枝をピシピシ折るやうな音を立てて
夜どほし、雨がふつてゐた。

息子よ。ずぶぬれになつたお前が
重たい銃を曳きずりながら、喘ぎながら
自失したやうにあるいてゐる。それはどこだ？

どこだかわからない。が、そのお前を
父と母とがあてどなくさがしに出る
そんな夢ばかりのいやな一夜が
長い、不安な夜がやつと明ける。

雨はやんでゐる。
息子のゐないうつろな空に
なんだ。糞面白くもない

あらひざらした浴衣《ゆかた》のやうな
富士。

# 戦　争

千度も僕は考へこんだ。
一億とよばれる抵抗のなかで
「なにが戦争なのだらう？」

戦争とは、たえまなく血が流れ出ることだ。
そのながれた血が、むなしく
地にすひこまれてしまふことだ。
僕のしらないあひだに。僕の血のつゞきが。

敵も、味方もおなじやうに、
「かたなければ。」と必死になることだ。
鉄びんや、橋のらんかんもつぶして
大砲や、軍艦に鋳直されることだ。

反省したり、味つたりするのは止めて
瓦を作るやうに型にはめて、人間を戦力としておくりだすことだ。
十九の子供も。
五十の父親も。

十九の子供も
五十の父親も
一つの命令に服従して、
左をむき

右をむき
一つの標的にひき金をひく。

敵の父親や
敵の子供については
考へる必要は毛頭ない。
それは、敵なのだから。

そして、戦争が考へるところによると、
戦争よりこの世に立派なことはないのだ。
戦争より健全な行動はなく、
軍隊よりあかるい生活はなく、
また戦死より名誉なことはない。
子供よ。まことにうれしいぢやないか。
互ひにこの戦争に生れあはせたことは。

十九の子供も
五十の父親も
おなじおしきせをきて
おなじ軍歌をうたつて。

## 三点

――山中湖畔に戦争を逃れて

父と母と子供は
三つの点だ。
この三点を通る円をめぐつて
三人の心は一緒にあそぶ。

三点はどんなに離れてゐても
円のうへでめぐりあふ。
三人は、どれほどちがつてゐても
円に添うて心が流れあふ。わかりあふ。

危い均衡の父と母とを、
安定させるのは子供の一点だ。
異邦のさすらひは
子供からさかれてゐる悲しさだつた。

父と母の魂は
あるとき、すさみはててゐた。
長江の夕闇ぞらに
まよひ鳥の声をきゝながら。

星州坡《シンガポール》の旅の宿で、父と母は
熱病で枕を並べながら。
モンパルナスの屋根裏《マンサル》の窓に
うらはらな雲行を眺めながら。

父は母をうらうと
企らみ、
母は父から逃れようと、
ひそかにうかがつてゐた。

だが一万里へだてた
遠い子供の一点がそれを許さなかつた。
三点をつなぐ大きな円周は
地球いつぱいにひろがつた。

ニッパ椰子をわたる
夜半のしぐれに
父は子供の呼声をきいた。
それはバッパハの岬《タンジョン》の泊。

その時、フラマン通りの鎧扉のうちで、
母は、不吉な夢をみた。
うなされたやうな夜の船出で
こゝろもそらに母はかへつてきた。

ちれ〲として待焦れつつ
三つの点はちゞまつてゆき
やがて、しまひこまれた。
小さな一つのかくれ家に。

父は毎日、餌をさがしにゆき、
母は、烟《けむり》のやうに原稿紙をかさね、
子供は背丈がのびていつた。
三点をよぎる円は、こよなき愛。

この宿命的な肉身のつながりを
年月よ。ゆがめるな。
この透明な輪を、稀な完璧を、
戦争よ。めちやくにしてくれるな。

父と母と、子供は
三つの点だ。
この三点を通る周のうへで
三人の心はいつしよにあそぶ。

母よ。私たちは二度ともう
子供の一点を見失ふまいよ。
さもなければ、星は軌道からはづれ
この世界は、ばら〳〵にくづれるからね。

三本の蠟燭の
一つの焔も消やすまい。
お互のからだをもつて、
風をまもらう。風をまもらう。

昭和二〇・二月

『女たちへのエレジー』より

## 〔「南方詩集」序詩〕

この詩集を東南亜細亜民族混血児の諸君にささげる。

神経をもたぬ人間になりたいな。
本の名など忘れてしまひたいな。

女たちももうたくさん。
僕はもう四十七歳で
近々と太陽にあたりたいのだ。

軍艦鳥が波にゆられてゐる。
香料列島がながし目を送る。

珊瑚礁の水が
舟の甲板を洗ふ。

人間のゐないところへゆきたいな。
もう一度二十歳になれるところへ。

かへつてこないマストのうへで
日本のことを考へてみたいな。

# ニッパ椰子の唄

赤鏽《あかさび》の水のおもてに
ニッパ椰子が茂る。

満々と漲《みなぎ》る水は、
天とおなじくらゐ
高い。

むしむしした白雲の映る
ゆるい水襞から出て、
ニッパはかるく
爪弾きしあふ。

こころのまつすぐな
ニッパよ。
漂泊の友よ。
なみだにぬれた
新鮮な睫毛よ。

なげやりなニッパを、櫂が
おしわけてすすむ。
まる木舟の舷と並んで
川蛇がおよぐ。

バンジャル・マシンをのぼり
バトパハ河をくだる
両岸のニッパ椰子よ。
ながれる水のうへの

静思よ。
はてない伴侶よ。

文明のない、さびしい明るさが
文明の一漂流物、私をながめる。
胡椒や、ゴムの
プランター達をながめたやうに。

「かへらないことが
最善だよ。」
それは放浪の哲学。

ニッパは
女たちよりやさしい。
たばこをふかしてねそべつてる

どんな女たちよりも。

ニッパはみな疲れたやうな姿態で、
だが、精悍《せいかん》なほど
いきいきとして。
聡明で
すこしの淫らさもなくて、
すさまじいほど清らかな
青い襟足をそろへて。

# 洗面器

（僕は長年のあひだ、洗面器といふうつはは、僕たちが顔や手を洗ふのに湯、水を入れるものとばかり思つてゐた。ところが、爪哇人たちは、それに羊《カンピン》や、魚《イカン》や、鶏や果実などを煮込んだカレー汁をなみなみとたたへて、花咲く合歓木《ねむ》の木蔭でお客を待つてゐるし、その同じ洗面器にまたがつて広東の女たちは、嫖客《へうかく》の目の前で不浄をきよめ、しやぼりしやぼりとさびしい音を立てて尿をする。）

洗面器のなかの
さびしい音よ。

くれてゆく岬《タンジヨン》の
雨の碇泊《とまり》。

ゆれて、
傾いて、

疲れたこころに
いつまでもはなれぬひびきよ。
人の生のつづくかぎり
耳よ。おぬしは聴くべし。
洗面器のなかの
音のさびしさを。

# 孑孑の唄

混血娘インビキサミに就いて

シンガポールは血をふいた切瘡《きりきず》。インビキサミの紅い唇も丁度それ。インビキサミは、ヒンヅー・タミールとおらんだのまじつた混血娘《スラーニー》。二種のちがつた血の流れは、まじりきれず、彼女のからだのすみずみでたたかふ。目の周りや、こめかみ、小鼻のふち、口のはたなどに、タミールのづづぐろさが沈澱し、いやしく淀み、とどこほり、白人からうけた白さは、蕎麦いろになつてうす濁る。

まじりあへぬ二つの血の相剋の宿命には、インビキサミはあづかりしらない。従つて、二つの民族のどの伝統にも愛執《あいしふ》なく、義務もなく、彼女のこころはいつもあかるい。が哀しみもまたそこにある。仲間のすらあにい並に彼女も軽佻でお洒落で、無道徳で、その日その日は風まかせ。

じよん・りつとる百貨店のうり子をしつつ、すらあにい漁りのものもちの華僑の世話になり、また時には、小遣ひかせぎに、港の場末のホテルに客をくはへこむ。インビキサミは、そのため、人目眩《まど》はすあざやかな、さりながら火焔木《ボンシアナ》の唇をもつてうまれてきた。どれほど彼女が心にとめまいとしてもかの女の血が父方の強掠《がうりやく》と、ヒンヅー人の母かたの恥辱と、どこまでも敵味方の二つの民族に岐《わか》れ、遠く大きなつながりをひくことを拒むことのできない事実。

それをどうすることもできない、よそのすらあにい同様、彼女も父方からはいやしめられ、母方の種族をわれからいとうて、ひきちぎつて波にすてられた木芙蓉の花のやうにからだもこころも宙ぶらりんにただようて。

シンガポールの表玄関。エスプラネードからピーチ・ロードにつづく緑芝に添うて、インビキサミが歩いてゐる。右脚は、卵色のストッキング、左脚は、それが半分ばかりずりさがつて焦鳶の細脛《ほそはぎ》があらはれ、十仙銀大の烙印が向う脛《ずね》にある。髪は、たばこの脂《やに》でくせでもつけたやうなねばつこい茫髪。ケエリイ書店の包装紙から出した新刊小説「三つの愛」を、たたんだ紙と重ねて小わきにはさみ、女学生らしいのびのびしたかるい足取りで歩みつつ——仕送りもしてくれない男なんか、こんなに愛しつづけられるものかしら。

と、小説本中の清教徒風な、金銭も、肉慾も超越した恋愛の女主人公をおもひだし、オフィスの昼やすみに涙をながしてよみふけつたことが、なんだか辻褄あはなくなつてくる。でも、高尚な恋愛にはちがひないと、おもひ直す。あとから湧くおもひは海上のちぎれ雲のやうにとりとめもなくふつとんでゆく。ラモン・ナバーロへの甘いあくがれ。こころのふしぶしにのこる借金の痛み、ボンベイ人のかつぴい店の二階で、茴香《ういきやう》の花と牛乳でねりあはせた糖菓子を一口たべたいといふむら気な食ひ意地。その他のとりとめないおもひ、が、彼女の心をかき立ててはすぎてゆく。

かの女の歩む左手のひろびろとした芝生には、雨の樹が毛むくじやらな枝をのばした並木の隙に、ラッフルス教会の肉色の尖り耳が二つ、によつきりと聳《そび》える。右手は海。花壇めかした植込みのむかうに、赤い浮標。槽なりの荷船《トンカン》。すすでくらい沖合の一ところに檣をかきあつめ、強い照返しの水が沸《たぎ》り立つ。生きながらなま皮を剝がれふわけされ、むき出しの器官、臓腑が、いきいきと脈うち、あへぐのをみせられたやうに、いたいたしさでおもてもむけてゐられぬ。インビキサミの父の種族が、真鍮のコンパスでくりとつたグダン街の官庁公署の建物が、火浣布《いしわた》の熱雲のしたに蜃気楼とならび　いふにかひない母の種族は、海になだれる石炭の山で、人か、石炭かのけぢめもつかず、黒い襤褸《ぼろ》となつてうごめく。かの女の歩む足許の並木蔭にごろごろと午睡をむさぼり、膝を立て、びんらうの実をしがんでは、紅い唾を吐きちらすのは、やはりかの女の母の血縁。だが、かの女は、それに目もくれず。うしろから一人の男が口笛を吹いて近づく。彼女の耳たぶに息のかかるほどそばへよつて、ききとれぬほどのささやきをのこして過る。まあたらしいサロンを巻いたあそび人風なマレイ男。——畜生！　マレイのくせに。

インビキサミは、ありつたけの軽蔑と、憎しみで棒のやうにそり反つてみせる。急に足並はやめて彼女は、ひろいアスファルト道をよこぎり、左へまがる。教会の外囲ひの鉄柵にそひ、無我夢中で急ぐ。教会の入口をかまはず入つてゆく。入口のうすぐらさ。くらさになれない視力は、しばしなにも見定めることができない。やがて、インビキサミとおなじすらあにい娘。目のくるくるとした木菟《みみづく》に似た女がとび出してくる。

——会へた？

インビキサミは、ふとい一線でつづく眉をよせてきく。

——うん。あつた。あのひとつたら、ほんたうにスヰートな、スヰートなつて唄の文句のやさしい御方。……あの人、私の手をとつて唇を何度ももつてきながらいふの。結婚しておくれつて。

――まあ。ほんたう。じつがあるのねえ。で、どういつた。あんた。

インビキサミはひとごとに、息をはずませる。

――でもね。あたいさういつてやつたわ。このままで、いつまでもゐませうねつて。

――さう。お金がないのね。その人。

三つの愛のまづしい青年がおもひあはされる。

――あたし、あの人を永遠に、永遠に愛してることにかはりないのよ。でも、結婚なんかしないわ。結婚なんて、チッテのメノン・ランサミ爺さんでたくさんなものよ。あのひとは人生のよいところどりで、キネマや、をどりや、小旅行やドライブにゆくの。それがほんたうのアイデアルといふものよ。

そのとほりあの人に言つてやつたら　あの人もさういつてたわ。君はかしこい、それはアイデアルばつかりではなくて、たいそう上品で、便利な考だつて。

――(やつぱしさうだわ。いい恋愛つて立派なホテルの夜食がつくつて誰かがいつてたが。)

インビキサミは、友達と並んであるきだす。歩きながら娘は、インビキサミに、小さな、パラフィン紙でつつんだものを大事さうにわたす。

――ありがたう。

インビキサミは、娘の前に立ちふさがつて、あひての唇を、恋人にするやうにちゆつと吸ふ。

――ぢやあ、さいなら。

――また次の土曜日にね。

娘は走つていつて、兵隊のしやつぽのやうな、小型の黄バスにとびのつた。バスのうしろの銀棒につかまつて立つてる娘が小さくなるまで、両方から唇をつき出してゐる。姿がみえなくなると、インビキサミは、ちよいと立止り、パラフィン紙をひらく。パラフィン紙のなかは、二重のパラフィン紙でつつんである。スタンフォード通りを、山手の方へ折れてゆきながら内のパラフィン紙を注意ぶかくひらく。またぞろ煙草の銀紙の包が出てくる。銀紙は、毒薬包でもあるかのやうに叮嚀に皺がのばしてある。やつと出てきた本尊は、象狩りの絵のついた、ボルネオのふるい郵便切手が一枚。

## 混血児ジャッキに就いて

ジャッキには、マレイが少々調味してある。やつがとりすましたとき、黒ずんだはばひろい唇をむすぶのでわかる。その長つらもまぎれなくインドネシアだ。だが、紅茶にたらすコニャックほどに、ほんの一たらし、二たらしのヨーロッパも入つてゐる。

インビキサミが教会へあひにいつた妹のマーガレット同様、くるつとしたなつつこい目つきが、この男の男前の身上。

白黒縞のだいぶくたびれた上着。白ヅボン。黄ろいワイシャツ。萌黄のネクタイ。食堂のナフキンのやうに叮嚀にたたんで胸ポケットにさした、柄の派手なハンカチーフ。ふし高なながい指には、てんぷらのはげかかつた金指環が三つ。片ときもはなさず左手にぶらさげてゐる提琴箱。キネマの楽師や、をどり場のはやしにやとはれて、煙草銭にありつくことがないでもないが、元来はのらくらもので、半ケ月と一つの仕事にせい出す根気がない。現に失職。提琴箱の中味もとうに質入れして、おていさいにもちあるいてゐるだけ。わたるにつらい星州灘の、どこかの片隅を毎日ふらつきあるいてゐる。とんでもない時刻におもひがけない方角で、はつたりやつに出つくはす。するとやつは、唇をなめづりなめづり近よつてきて、今、丁度、あなたをさがしてゐたんだと、みえすいたうそをいふ。掘出しものや、まうけのはなし。おぼこ娘が、わづかな金で手に入るといふ耳よりな、しかし眉唾な話。その次あへば、けろりと忘れてゐる。みてくれだけは、伊達のなれのはてでも、ポケットには赤銭二三枚。それでは麺一杯にも不足なので、はらはいつでも北山しぐれ。あひてが話にのつてこず一ぺんのおよばれにもありつけないとわかると、あはれな泣つつらになつて、ぐちまじり、手品師のやうにポケットの手巾《ハンカチーフ》を指にからませながら、てれかくしな即席話を一席。

――一銭もないときた日にや、一銭もありませんや。そんなとき、おなかのくちくなる法。そいつを御披露に及びやせう。本来十弗位の伝授料のいる虎の巻だが、いいや、他ならぬあなたのことだ。まづ、中国人の果実市へ行つたとおぼしめせ。軒並の青いバナナの枝なりを、頭でおしわけてゆきながら、手頃な奴を一本ちぎつて失敬します。なんといつてもピーサン・マス。紙一重のうす皮をむいてあかん坊の指位な小さな奴。あいつをぴよろりと舌から腹へ。でもそのとき、うまいといふ顔をしたらそれつきりです。できるかぎりのしかめつらで、こんなものがくへるかといふ顔つきで、そばからうるさくすすめる小僧手代を尻目にかけます。するとやつらは躍気もので、これはどうだ。あれならと、ちぎつては一本、むいては一本と、またたく五本六本と、はらは納得する寸法。あげくのはてに、どれも気に入らぬ渋い顔でその店をぽいと出れば、さつきから、このいきさつをみてゐた隣の店、むかひの店が、我こそこの客をものにせんと、よりをかけてのサービスです。三軒か四軒かその伝で廻ればもうバナナのおくびもんです。申し上げときますよ。くれぐれも笑顔は禁物。あわてて値段なんかつけたら百年目。

## チッテのメノン・ランサミに就いて

髯を剃つた大達磨のメノン・ランサミ。烏金《からすがね》をはたりあるいてどこの店先でも坐禅をくんでうごかぬチッテ仲間でも、情しらずで名の通つた男。ただ一つの灸所といふのが、柄にない色好み。だが、めつたに色でしくじることはない。ランサミはしんから底から、勘定づくでできた男。いり目倒れになるやうな、鐚《びた》一文でも損のゆくやうな、そんな女の駆引はしない。

たくさんな妾がゐて、それに順ぐりに虱《しらみ》をおいてまはると、幼い頃にきかされてインビキサミは、ランサミときいただけで、からだぢゆうがむづがゆくなつたものだ。ジャッキ兄弟にしても、インビキサミにしても、親の代からランサミには、因業な目をみせられてきた。子供の頃彼等は、その親達がはたられてゐるそばで、どうなりゆくかとなりをひそめながら、ランサミの白ヅボンと上衣のあひだからはみ出した毛むくぢやらな太鼓腹を、稀有なおもひでながめたものだ。太鼓腹のまんなかの、ふかい臍の穴から、しやりしやりした剛毛が渦巻き、その毛先が外へむいてそそぎ出てゐる。漆黒の毛だつたのが、いつしか銀毛にかはつたけふまで、夢のやうにすぎた年月よ。柄にない、女のやうなその声音は、神経的で、執拗で、すぐ泣声のやうな怒り声になる。あたまのなかへ蚊が一匹迷ひこんだやうに、どこからかランサミの疳声がひびいてくると、瘧《おこり》のときにおそひかかる悪寒を背すぢにおぼえ、肌が粟立つてこないものはない。ランサミは妾たちをただはあそばせておかぬ。高利の元を貸して働かせ、播《ま》いた種を刈り入れる。きげんのよいときは太鼓腹をさすつていふ。

——魚心あれば水心さ。おいらをせいぜい大切にしな。それと商売にも気を入れれば、功《く》徳《どく》はてき面だわさ。

女が病気だつたりの場合は、その日の分を、あとから差引くか、その分だけを債にくり入れる。鬼畜生と心で罵りながら弱い女らはししむらをふるはせて、ランサミを待たねばならぬ。ざつとこんな爺さんのランサミの白羽の箭がインビキサミにも立つてゐる。インビキサミもこの男の前では、手も足もすくんで金縛りだ。

## インビキサミのいやな夢の話

カンポン・ジャバは不潔なところだ。わるぐさい裏二階の、西日がいつぱいあたる部屋で、インビキサミは、昨夕の食あたりで、しぼり腹。抱枕をかかへてころげ廻つての苦しみやうだ。うるさいほどきてゐたジャッキも、こんなときに限つてかげのぞきもせぬ。やがて疲れてうとうとすると、額にびつしり玉の汗。カバヤもサロンもぐつしよりになつて目をさます。うれしい夢。いやな夢。うれしい夢の苦いあと味。インビキサミは胸を抱きしめて、ぽろぽろと涙をおとしながら讃美歌を歌ふ。夢のなかで男とドライブしてゐる。気がつくと、先頃入社した憎くないとおもつてゐた男、かとおもつてゐるといつのまにか、ジャッキの妹のスヰートな人にかはつてゐる。おや、いいのかしらと心咎めながら、一方、こんな機会をよそへやつてなるものかとおもひ、そつと情をこめた秋波を横顔へ送る。からだも心もとろけるおもひ。夢がさめたあとまでやるまいとして上衣のはしを、きつとつかむ。男は迷惑さうに、しなだれてゆく女から身を退ける。初心《うぶ》かしら、それともジャッキの妹への義理だてかしらと、少々心許なくなりながら、じつと男をみつめる。月夜の海浜。椰子がさし傘台傘を立てたしたを一まはりして自動車は、ヒンヅーの部落へかかる。

コンクリの往来にタミールたちは、裸でずらりと並んでねてゐる。ほてつた昼の肌を石でひやすのだ。足もふんごめない。チョッと一つ舌うちして運転手はハンドルをまはしにかかる。横顔の男はふんと鼻で笑つて、かまはずのつかけろと顎でしやくる。運転手はちよつとためらつたが、真剣なものがさつと顔をかすめ、ハンドルを逆にまはす。インビキサミはおもはず、男の腕をつかまうとしたが、あやふく自制した。父は立派なお役人だ。ヒンヅーなんてかかはりはないとおもひ直して、彼女は観念の眼をつむる。車は人のうへにのりあげ右に左に、車台はぐらんぐらんゆれてすすむ。車は、母かたの血肉の顔といはず、胸といはず、痩脛《やせずね》といはずひきつぶす。車のおもみには、彼女の重みも加はつてると気づいて、ふらふら立たうとする。息はあへぐ。喉はかわく。おそるおそるぬすみみれば、男は傲然と煙草をふかし、千里もへだたつた距離から、彼女をみおろしてゐる。夢はそれだけだつた。それが夢であつたことに、インビキサミはほつと救はれて、救ひ給うた神にしみじみと感謝の祈をささげる。

それからインビキサミは、一日の病で憔悴《せうすい》しきつた、ふらふらなからだを壁にもたせ、てすりにすがつて、あとじさるやうなかつかうで裏階段をつたつて匍《は》ひおりはじめる。飲料水を入れた石油鑵や、かめの置かれた階下のくらがり。それを表へぬければ、右、左、二軒の店、一軒はけだもの屋で、猿がをりをゆさぶる音や、鸚鵡が叫ぶのがきこえる。一軒はヤコブの店、コーランの花文字の額をかざり立てたアラビヤ人のかつぴい店。

インビキサミは裏手へまはる。そつちは水風呂と外厠。昨夜から十幾度もかよひつづけた道。外厠の外はひろびろとした草つ原。強い光で眼前が白つぽけ、くらくらと立ぐらみしさうになる。星州洗衣といふ中国人の洗濯さんのほし場になつてゐて、シャツやシーツが青空高くわれを争つてはためき乱れ、ちぎれとんでは、そのまま浮雲となつてゆきさうな。

たてかけの板戸をやつとあけて、インビキサミは厠のうちへ入る。今しも西にまはつた陽が、正面から戸板にあたり厠のなかは蒸風呂だ。汗はりんりと顔をつたひ、えりから、頬から大滴に、ぽたぽたと落ち、全身をむづがゆくはひまはる。目先はくらみ耳が鳴る。しぼり腹の発作のあとでわづかな下痢。ふりそこなつたスコールの空がみなりといふところだ。気が遠く、血の気がひいて、四肢の爪は白くなる。インビキサミは、その苦痛のなかで、けふの夢占を考へる。母ゆづりの迷信だ。ジャッキにたづねれば、てんでばかにして

――ヒンヅーなんてをかしなもんでさ。車にひかれて死ぬ俺の前生はいつたいなんだつたらうと首をひねるのがおちでさあ。

と、一口に茶化したがるにきまつてゐる。苦しみがやや下火になる。汗のつめたさがす

がすがしい。肉慾的な人糞の臭にまつはつて、鬨《とき》の声をあげる銀蠅が、インビキサミの尖つた尻ぺたをくすぐるやうに匍ひあるく。その脚の快い、水晶のやうなつめたさ。細長い足の両ひざを立て、しやがんでゐた片足がおぼえのないほどしびれてゐる。右方にある石の水槽のひなた水を掌のくぼみにすくつてペチャペチャとよごれを洗ふ。手を水槽につつこむ毎に、底まで光のさしこんだ金色のにごり水が、むらむらと滓立つて、孑孑《ぼうふら》どもがうろたへて、底をめがけてしづんでゆく。したたる手を引上げると孑孑がまた、頭と尾をくつつけたりはなしたりして踊りながら水面にういてでる。インビキサミは、それを数回くり返す。うきしづみしつつ唄つてゐる孑孑の唄がきこえてくる。最後にすくつた水にまぎれこんだ一匹が、インビキサミの掌のなかで身ぶりよろしくうたふ唄。

インビキサミよ。淋しかろ。
おいらもやつぱりおなしこと。
あがつてきてもゆきばなく。
したへおりても住家なく。
宙をぷらぷらするばかり。

インビキサミよ、かなしかろ。
夜昼おいらが待ちくらす
蚊になるあすの夢もない。
にくむあひての張りもなく
螫《さ》す針もない。毒もない。

やがて、おいらに羽がはえ
自由自在にとぶときも、
ダルボケルケの血を吸つた
祖先ゆづりの管槍《くだやり》で
名のりをあげるその時も。

インビキサミよ、インビキサミよ
おいらがおぬしをさしながら

世のはかなさを知るだらう。
にがいその血のびいどろで
おいらの腹迄透《す》けながら。

## 偈《げ》

入口にゐたものが
もう出口にゐる。

僕も、僕の友人もちぢいになつた。
お互の頭に、一本、二本、
数へきれない白髪。

まだ水つぽい眼に、
涸れきらない眼に、
あらしでものうげにゆれる木が
うつつてゐる。

僕はふりかへる。五十年のむかし
くらい吊ランプのしたで、
ふきんをかけたチャブ台があり
子供のころが坐つてゐたことを。

僕らの母親は、死の方へよろめいた。
なにかをあてにして、
なにかをまちくたびれて。
　人生はながい辛抱だ。

もう一度なにかが戻つてくるのを
あてにはならないそのことを、
僕らは今猶、待つてゐる。
なにかとは何——それは死だ。

すがらうとする手は
こんなにふるへてゐるし、
いひたいとおもふことは
舌がもつれて言へない。

僕らはぢきに、厄介者だ。
いらない人間になつてしまふんだ。
若いもののそばにゐる丈で、
あひてを陰気にしてしまふのだ。

そして、僕らがゐるだけで
若いものの争ひの種になる。

僕らが一日ひなたですることは
過去を反芻することだ。
むかしの味、むかしの匂。
むかしの色どり　むかしの柄。

ああ、それにしても
なんといふこの耳鳴り。
そして、この空寂《くうじやく》な生の空間には
ふかい沈黙が、たえまもなしに
花のしをれるやうな
葉のやせるやうな
しんしんとした音を立ててゐる。

『鬼の児の唄』より

# 瘤

——ふるい友Tに、

不毛な土から
ある日、瘤が一つうまれた。
榲桲《まるめろ》のやうな
陽気な禿頭のやうな
瘤が一つ。

日と月のめぐみをうけて、
瘤は脹れた。
混沌をめざして

麵麭《パン》のやうに。
蟾蜍《ひきがへる》のやうに。

ものぐさな坊主山
あつたかい瘤は
うす目をあいた。
やへ歯がはえた。

蒜のにほひに
鼻をひこつかせ、
汽笛におどろいて
耳をそよがせ、

瘤もまた、世の初旅に出た。
かしらには、山高帽。

ごばん縞の背広をきて。
右を眺め、左に気をとられ、
一口に云へば、この世に生れたのが
瘤の身にとり大恐悦のてい。
瘤はまづ、哲人もどきでいふ。
——われあるが故に、世界あり。

二

だが、もとより瘤は、あつてもなくてもよいもの。
むしろ。みつともないもの。
できるなら切つてすてたいと誰しも思ふもの。
どこに瘤をわが身の分身として庇ひ、血のつながりとしていとしむものがあらう。

まして、瘤の心根にわけ入り、訴へや、悩みをきいてやるものがあらう。

瘤よ。
ゆきくれて
力も気もぬけた風船よ。
かつては噴火山のつもりだつたのに、
いまはふぐりのやうに
皺だらけで
ぐんにやりなつた瘤よ。

かつては、その頭に二つの尖起、小癪な袋角があつた。
それをみて、人は「鬼だ。」と言つた。
瘤もまた、おのれをかひかぶつて
じぶんを鬼だと信じこんだ。
なんたるおどけたおもひすごしぞ。

ただ一場《いちぢやう》の茶番狂言、その角も、瘤がうまれてきたとおなじ宿命で、瘤のうへにも一つ瘤
がかさなつたまでの話だつたのだ。

三

ぐうたらな瘤よ。なまけものの瘤よ。
ねぼすけで行儀がわるく、
世わたりもへた。
そのくせ気位は高くて、
なんのとりえもない瘤よ。
おのれを欺いて、生きた幾十年は、
僕らの生れてきた徒労にもまして数倍むだな生涯ではなかつたのか。
みかけによらぬ気のやさしい瘤よ。
なほ、いづくをさすらふのか。
閉める扉で鼻先をはたかれて

けふのやどりはどこなのか。
そのとき、瘤は、焼酎の一杯きげん。
みてくれがしに赤くふくれあがり、
一本の白髪をふるはせ、卑屈にせゝら笑ひ、
しつぺいがへしをいふのだつた。
「なるほど、わしは瘤だ。承知の助さ。
だが、いつわしが不倖だつたのかね。
人生がよこししぶつたわしの頒前《わけまへ》は、
おぬしのやうにつかひすてず
あのぶざまな仙人掌《しやぼてん》が
虹のつぼみをそつと咲かせるやうに
そつくり、夢でたくはへてあるんだよ。

夢のなかでわしは、棚曳く雲や、箜篌《くだらごと》や、
をとめのふた心など、すきなものだけ抱いてふはりふはりととんでゆけるんだよ。

うん。ほんたうに、月の世界へも自由自在、
瘤と瘤、疣《いぼ》と疣とが永世せめぎあふ
あさましい、こんな地球をおさらばして。」

昭和一八・五・二三

## 冥府吟

はらわたのやうにくつくつ煮え返る
魂ども。

どこかでしくしくと
歔欷《すすりな》いてゐる
亡鬼ども。

やつらは、うしなつたおのれの骸《むくろ》をもとめてゐるのだ。

そのむくろだけがおぼえてゐるもの。わきばらの青痣《あをあざ》、腕のいれずみ、きずあと、ほくろ、熱、汗ばみ、うづき、しびれ、すべて、むくろとともにおのれのものだつたもの。あんなにも愛着しながら、むくろといつしよに亡びてしまつた人生の甘さ、渋さを。

泥鼈《どろがめ》どもの眠るいんちんたる冥府の大王は、おもひのほか気のやさしい男、おもひやりふかい男。

ある日、魂どもをみんなよび集めて言つた。

——汝ら、日頃ののぞみをかなへて、今すぐに、汝らのこのうへないはれ着、肉体を身につけて、人の世にかへることをゆるしつかはさう。

その時、魂どもは、おもひ掛けなく一同尻込みして、

——御諚《ごちやう》ありがたく候《さうら》へど、このことひらにおゆるし下さいませ。いま、人の世はどこへ行つても、たべる自由、ねる自由、ものをいふ自由はおろか、胸一ぱい空気をすふ自由も

ないとのことでございますので。

昭和一八・一〇・二〇

# 蛾

『樹懶』より

僕はあの女を殺《あや》めたことを、ひとごとのように忘れがちだった。

泥水のなかに沈んでいるあの女の死体をこの眼が見た。一名死人花《しびとばな》ともいう、どくだみの白い花が咲いていた。黒い心臓のどくだみの葉に、吐きちらした歯みがき粉がこびりついていた。うっとうしい空もようだった。

人を殺す手ごたえが、鈍いながら、なにか生きていた重大さを僕におもいださせた。それほど死を嫌《いと》ってもいないのに、こちらもいきものなので、殺されるあいての苦痛にまるきり冷淡というわけにはゆかなかった。

「苦しくないように殺して」

女は、殺してほしいと言いすぎた。僕は、かの女を殺す義務を感じはじめた。たしかにそれで女の背負っている人間苦を軽くしてやれる見透しがあった。それを取りのぞくことで僕も、いっしょにほっとできそうなのだった。
女は、じぶんの生きていることを気味わるがった。生命に嫌悪をおぼえずにいられる他の人達となれあっているのが、いかにも苦痛らしかった。このような女の不信は、濡れ紙のようにしとった病弱の膚から、不断にたちのぼり、僕の魂を浸蝕していった。苦しみなく女を殺すことに、僕の良心が荷担し、善とみなすまでになった。それからは簡単だった。行李に縄をかける時のように、力いっぱい締めればよかったのだ。エナメルのようにてかてかした女の三白眼に、かの女が無価値だとおもいつづけたこの時代がまだうつっていた。吐気を催す程な大仕事のあとで僕は、女とならんで横になった。女はみじろぎもしなかった。死体は、まわりに険しい真空をめぐらしながら、死を装ってじっと、なにかを待ってでもいるような風だった。生きている僕と死んだかの女とのあいだの愛情はまだ、そっくり壊れずにあったので、見当外れな法の制裁など気にもとめずにいることができた。

死体が置いてある。
そこだけが世界の白い汚点《しみ》だ。
もうなにも見ない眼。

もうなにももたない手。

しずかにおかれてある死体は、
オルゴールをきいているのか。
とがった顔のうえに
のっている一枚の手巾《ハンカチーフ》。

釣り逃した魚のように、命は
ふたたび針にはかえらない。
いまから古埃及《エジプト》王朝へ遡る。
ながい時間を待ってみても。（抜萃）

最初のうち、僕も死ぬつもりでいた。女の死体と一時間もいるうちに、だんだん、はじめから死ぬ気なんかなかったことに気がついてきた。生への誘惑がそれほど強かったというわけではなかったが、死ぬのを見ていてくれるかんじんのあいてが先へ死んでしまったのでは、無神論者の僕には死ぬはり合いがなくなった訳だ。むしろ、たそがれのような淋しさでこの世をながびかせておきたいのだった。つめたいからだを抱きよせていると、胸のへんがかろくむずむずした。女が顔をあててそら寝をしている時のながい睫毛のうごくくすぐったさであった。

「死んだんじゃない。私《わたくし》は生きたのよ」

そら耳でなく、はっきりその声がきこえたような気がした。愛のふかさのこもったその声をきくと僕は、かぎりなく悲しかった。きすかさよりのような銀いろのふくらはぎから、屍臭がただよいはじめた。寮の二階から人しれずはこび出すために、女のからだを鋸でひいて、六つに切断しなければならなかった。

それがただの物質にすぎないといくらおもい込んでも、じぶんを挽き切る痛さになって僕をさいなむのだった。ヒューマニズムの弱味のようにおもわれてならない。屍の六つの断片に、それぞれ錘《おもり》をつけて、藻でどろどろな水にしずめた。屋根のすぐむこうまで、近近と洪水《でみず》が迫ってきていて、ひっそりと取巻かれてしまっているようなしずかな晩だった。災禍が、犯行をあとくされなくしてくれそうな期待で僕は、あやしい程胸をおどらせた。蛭がなん匹となく脛に吸いついていた。水のなかにつかった足先が泥のなかのほかの死体をふんづける。どこへいっても血腥《ちなまぐさ》い晩だったし、誰の顔をみても、たった今人を殺してきた殺気をかくし兼ねているようにみえた。手のひらやきものについた碧血《へきけつ》を洗おうとしてまごまごしているその男達に、僕はよく説明しなければならない。

「殺したんじゃありませんよ。僕の場合は生かしてやったまでです」

砲身のように熱し、また冷《さ》めるあの女のからだを、僕の皮膚がおもいだしていた。あの女ほど僕がこの世で愛していた女はなかったが、バタビア砲のように水にしずみ、魂だけがハンネレのように昇天して、始終おいしい牛肉の御馳走のある、それから年寄りの姿をした神様や、あかん坊に蜻蛉《とんぼ》の羽のはえたエンゼルのいる、人間くさい天国へ行って閉口しているかもしれないのだ。人間から逃れるためにあんなに死にたがっていたのに。

苦しくなければ死にたいとおもっているものの数は、どの位日本に夥《おびただ》しいことであろう。戦争以来、死が案外手軽なものだということがわかったせいかもしれない。それだけ、生きていることも珍重されなくなった。犠牲者たちに、誰も注意を払うものはいなくなった。生きていることに意味がないように、死ぬことにも意味はなくなった。生れてきたことに腹を立て、異臭はげしい世間の人間の礼儀に欠けている言動に一々嫌悪を吐きかけていたかの女は、極めて消極的ではあったけれど、世のなかの規範に従うまいと意地張っていたものだった。

女はナイロンの靴下を穿いて、編んだ髪に老薔薇のリボンをむすんでいた。かの女は、なにかの勘違いから、僕が好きだとおもい込むようになった。重たい砲身を抱きあげたま僕は、それをどこへもってゆけばいいかわからなかった。

——気が狂《ちが》っているのだ。

と僕は心に決めたが、もはや彼女を失っては生きてゆけなかった。十八歳の彼女には、五十歳の僕との当然な喰違いが予想できなかったらしいが、悲劇を阻止するため、僕には、こんな際に死を利用するより他の名案はなかった。僕はどこまでも生き延びようとはおもわなかったが、かの女の死んだあとの凪《な》ぎわたった空気のなかで、しばらく足を止めて周囲を眺めていたかったのだ。

僕は、茶碗や皿をみているようなさり気なさで、用水にうつってそよいでいる草の穂や、漏電している電柱や、薊《あざみ》たんぽぽの花や、たちまち血の気を喪わせるような雲の表情のかわりやすさ、一九四九年を背負って移ってゆくその不安とあわただしさなどを、鮫皮を柄にした黒檀のステッキにもたれるようにしてながめた。女が言っていたように、人間ばかりでなく、木も草も、そのへんに生きているものがみんな、畸型にみえはじめた。生きてゆくに便宜な器官である生物は、人間同様、極端なエゴイズムでまがりくねっている。

——冗談じゃない。人のつくった神などに俺達がなんのかかわりがあるものか。人間の思想は暴力で、人間の愛は殺戮だ。

一本の杉の木が、無言で語り僕を突きはなして前に立ちはだかり、無情を装っていた。

いつだったか、かの女は、僕に言ったことがある。

「人間の目的なんて、私信じられないわ。バイキンは人間のからだで繁殖して、それで人間が死ぬとじぶんも死んでしまって、一時の繁栄があるだけでしょう。人間に目的というものがあれば、やっぱりそんなもんじゃないのかしら」

僕はそんなニヒリズムをたしなめたり、訓《おし》えたりした。

しかし、いま僕は、幻聴のように耳に入ってくるかの女の言葉を、全くちがった肌できとっている。ハンネレの牛肉のある天国のかわりに、人間には必ずしも愉快でない、険悪な空が圧しかぶさっている。身のまわりのものは、ふれるのが痛い。とげだらけだ。べたべたしたり、ちくちくしたり、むず痒くなってきたり、いきもの同士がふれる時には、膚を恐怖の戦慄が走る。かの女が生きていたあいだ中どんなにいきものどもにいじめぬかれたかが、はじめて僕にもわかった。

敵のなかに入ってゆくような心構えで僕は雑草をおしわけ、新緑の灌木林のなかに突きすすんでいった。裾から膝まで、ズボンはぐっしょりになった。どんよりうす暗い草原のあき地に出た。熔接瓦斯《ガス》の焰のまじったくらすぎるみどりで、僕の眼が煮られているようだ。なまぐさい舌が僕をなめ廻す。眠り薬をのんでねむるのにこんないい場所はないと僕は気がついた。僕のその考を抜け駆けするように、二間程前方の草生《くさふ》のうえに、誰かがながながと横になっていた。ヴェラスケスの裸女のように、こちらに背をむけて寝ている女の姿はのびのびとして、牡蠣《かき》の殻のようにまばゆく照返す膚は、映写幕を走る幻影の冷たさで燃えていた。顔はみえないが、まぎれもなく僕が殺めた筈のあの女であった。僕は、もう一度しっかり確かめるために、できる限り冷静になろうとした。ひよわな首すじと、病的な、すこし前かがみになった背なかの左下のわきよりに、星座の位置をさがすように、二つの小さな黒子《ほくろ》をみつけることができた。

「瑩子」

かの女の名を一言声に出して僕は呼んだ。そして、一歩、かの女の方へ近づいてゆくと、ねていた女がおもむろに立上った。が、それは目の錯覚で、女とみえて聚《あつま》っていたおびただしい蛾の群が一時にとび立っただけであった。空ちゅうに息でふきちらした粉ぐすりのように、すべては虚《むな》しくとび立った蛾が消えていったあとで、草原には、膚で押された痕跡すらのこっていなかった。

『人間の悲劇』より

## 序

僕は別に新しい本を書くつもりで、この本を書きだしたわけではない。僕は、僕の指や、爪を、ほんたうに僕の指や爪なのか、たしかめてみたいつもりで書きだしただけで、おほかた平凡なことばかりだ。

僕は、じぶんのヒフと、どこまでもつづくそのヒフのつながりを——移住者やキリストのヒフまで遡って、ヒフをくぐる水泡についていてひびわれについて観察したかったまでだ。それは僕が今日まで生きてきた素材で造りあげた一つの土台で、さらに生きつづけるためか、死のためかしらないが、ともかく今までとは別なもののための『用意』にほかならないのだ。

肉体は、それに条件を与へてゐる一遊星の悲劇を背負ったものだ。精神にいたっては悲劇以上だ。

もし、これが、僕の自叙伝の序の幕だとしたら、必ずしも編年体によらず、僕の生涯を何べんでもやり直すことができる唯一の方法として、この後もこの方法を利用してゆくつもりだ。(終戦後三年間に書いたものをここにあつめた)

## 女の顔の横っちょに書いてある詩

——釣糸のほしさに、馬の尻尾をそっとぬきにいったありしむかしのあしきならはしゆゑに。

ローマといふ名のおさげ髪。
若かった僕はそっとうしろから
その一すぢをぬかうとした。
せめてもの君のかたみにと。

あゝ、なんたるわが身のうつけさよ。
その一すぢがたった一すぢでも、
君の皮、肉にうわってゐて
痛みもて君とつながるのを忘れて。

そんなわるいいたづらをする人は
もうあそんであげませんよ。
君はふり返って、僕をたしなめ
うるはしい眸《ひとみ》でにらんだ。

三十年後のいまも猶僕は
顔をまっ赤にして途惑ふ。
そのときの言訳のことばが
いまだにみつからないので。

# もう一篇の詩

恋人よ。
たうとう僕は
あなたのうんこになりました。

そして狭い糞壺のなかで
ほかのうんこといっしょに
蠅がうみつけた幼虫どもに
くすぐられてゐる。

あなたにのこりなく消化され、
あなたの滓《かす》になって
あなたからおし出されたことに

つゆほどの怨みもありません。
うきながら、しづみながら
あなたをみあげてよびかけても
恋人よ。あなたは、もはや
うんことなった僕に気づくよしなく
ぎい、ばたんと出ていってしまった。

## さらにもう一篇の詩

女に買ひものをするたのしさよ。
百の善行、仁徳よりも
高邁《かうまい》な精神、芸術よりも

女におくりものをするうれしさよ。

七里けっぱいからっけつで
ひもじさと南京虫をこらへつつ
あとは日もみず老耄《おいぼ》れて
船底部屋にねむるとも、

夜ごとの夢に、おもひでに
うき雲のかるく、はかない青空へ
女にやった数々の買物どもが
昇天するのをながめよう。

がらとりどりな反物《たんもの》や安香水。
露店の指環、にせ真珠。
人形、パラソル、チョコレート

みんな、みんな、天国へゆけ。栄あれ。

## 〔ぱんぱんが大きな欠伸をする〕

ぱんぱんが大きな欠伸《あくび》をする。
赤の0
0のなかはくらやみ、
血の透いてゐる肉紅の闇。

彼女の雀斑《そばかす》の黄肌と
すりむけたひざ、
人がふりかへり
目ひき、袖ひきするなかで、

ぱんぱんはそばの誰彼を
食ってしまひさうな欠伸をする。
この欠伸ほどふかい穴を
日本では、みたことがない。

くだくだしい論議や、
戦争犯罪やリベラリズムまで、
この欠伸のなかへぶちこんでも
がさがさだ。まだがさがさだ。

# くらげの唄

ゆられ、ゆられ
もまれもまれて
そのうちに、僕は
こんなに透きとほってきた。

だが、ゆられるのは、らくなことではないよ。

外からも透いてみえるだろ。ほら。
僕の消化器のなかには
毛の禿《ち》びた歯《は》刷子《ブラシ》が一本、
それに、黄ろい水が少量。

心なんてきたならしいものは
あるもんかい。いまごろまで。
はらわたもろとも
波がさらっていった。

僕？　僕とはね、
からっぽのことなのさ。
からっぽが波にゆられ、
また、波にゆりかへされ。

しをれたかとおもふと、
ふぢむらさきにひらき、
夜は、夜で
ランプをともし。

いや、ゆられてゐるのは、ほんたうは
からだを失くしたこころだけなんだ。
こころをつつんでゐた
うすいオブラートなのだ。

いやいや、こんなにからっぽになるまで
ゆられ、ゆられ
もまれ、もまれた苦しさの
疲れの影にすぎないのだ！

「詩拾遺」より

## 失明

双つの貝釦《ボタン》がピンと弾いて死んだ。まぶたのうへに墓がのりかかる。
うすぐもりの日の、さざなみの寄る湖べり。
オルガンの重たいふたをおろして君は

みえない僕の方へ、そろそろと近づく、僕の顔が　君のぬれた頬へさはる。
──おや、泣いていらつしやるんですね。あなたは……。
──いゝえ、さつき泣いてしまつたんですのよ。

なんだらう？　内側から止め処《ど》なくくづれはじめた物音は？
ゆかにがつくり膝を突いて、僕はきいてゐる。

手放した信頼は、それきりもどらない。あわたゞしいものの気配は
ことごとく、僕から立去つてゆくものどもの息づれ、身のこなし。
おいもい。おいもい。なぜ僕は逃げるしほを待つて
さわさわと落附のない君の心を放してやらないのだ！
血みどろなズボンをぬぐやうに、なぜ
むげんの闇黒《あんこく》からすつぽりとからだをぬかないのだ！

## お前を待つてゐるもの

子よ。おまへといつしよにくらしてゐた
みんなが、おまへを待つてゐる。

――十万人の兵ではどうにもならぬと、
おまへは、口癖のやうに言つてゐたが、
まつたく、暴力には、匙をなげるね。

父と母と子の三人揃ひの
厚手のコーヒー茶碗の
その一つだけ伏せたまゝ。

子の父と、子の母とは
けふから子のかへりを数へるだけの
ながい、待遠い日々を送らねばならない。

子がかへつてくる日を待つことは
つまり、祈りのやうな気持か？
ちがふ。僕ら無神論者には、やはり、抗議だ。闘ひだ。

子一人ではない。百千人の人の子を、
天皇の戦争から奪還する闘ひなのだ。
そして父の武器といつたら、ペン一本。

子よ。父や、母がお前を見すてないやうに、
おまへのモカシン靴や、手袋や、肌着も
みんなうらぎりものではない。こはれ箪笥の底で
ひつそりとしておまへのかへりをまつ。

おまへの坐つてゐた座ぶとんも、小机も
書籍も背をならべて、
つもるほこりの雪に耐へて待ちつづけよう。

障子の外の秋景色、十坪の庭の

日だまりに　とぼけて咲いた乙女椿も
子の顔が　近頃みえないのが
いかにもけげんなやうなんだが。

註　シルレルの『ワレンスタイン』に百姓が二三万駐屯の兵なら反乱するが十万となるとしづかにしてゐるより他ないと云ふ。

『非情』より

# 花火

きれい好きな掃除女のぬれ雑巾のやうに、『時』は、すぐさま
僕らのしたあとを拭《ぬぐ》ひとる。皿をなめとる野良犬の舌のやうに、
うまいあと味をのこす暇がない。すばやくこころにしまひそこなつたら、
それこそしまひまで、僕らの一生は無一物だ。仕掛花火のやうにみてゐるひまに
僕らの目の前で蕩尽《たうじん》される人生よ。花火を浴びて柘榴《ざくろ》のやうに割れた笑《ゑみ》はふたゝび闇に沈
み、
今夜のできごとは、一まとめにして、投込み墓地に

葬られる。歪《ねぢ》れた手足も、くひしばつた歯も、ぬれた陰部も、
決してうかびあがらないのだ。痕跡すらも、世界に、おぼえてゐるものはないのだ。

## 葦

小鳥に危害のないやうに猫の首玉に鈴をつける法令、ヒユマニズムに僕が見放されてから、
この世はひどく住みにくくなつた。

葦や真菰《まこも》のなかを
雨がわたる。
わざわざはこんできて、僕の
頭上からぶちまけるやうなふりかただ。

葦も、

真菰も、
しらけわたつて
葉ずゑは、をどり、

水底で、揺れる根株に
へばりついた蛭が
ぴらぴらゆれる。
泳ぎながら流される蛇。

――きのふ、僕があとにした
都会も
はげしい雨だつた。
地球をぼろぼろにする雨を

僕は、窓べりに肘をついて

くる日も、くる日も眺めてゐた。
消え入る
アンテナをあふいでは

追ひつめられた生活の
どん詰りにおもひふけつてゐた。
雲がわかれて
はれまをみせたすぐあとから

もつと強い雨が襲ひかかり
こはれた樋《とひ》を奔流が走る。
あゝ、いくたびかこの街とともに
ぶつこはされた僕だつたが、

このやうな破滅ははじめてだ。

ここでは、人殺しが派手ごとで、
どの部屋をのぞいても
誰かが惨殺されてゐたし、

階段のをどり場でも
僕は死骸にけつまづいた。
生きてる人間と全然《どうぜん》で
死骸は邪魔くさいだけだ。

非力な僕も
街あるきに、
忘れず、ふところで
薪割りを抱いてゐた。

これほど人間どもが、正直に

本性むき出したことはあるまい。
つかまされてゐた
いのちの安さもしつた。

だが、僕はそつと逃げてきた。
葦のなかへ、
贓品《ざうひん》のやうに
じぶんをかくさうとして。

生いぶりの良識や
陳腐な理論で、
古ラヂオのやうに
修繕のきかないじぶんを。

僕と僕の影をすてるところがない。

葦も
真菰も
自然には冷い敵意しかない。

雨は、もつと残酷に、
僕のすべてをぬらす。
神であつた僕の祖先と
神になりつつあつた僕は、

おなじやうに
葦のなかをさまよひ、
おなじやうに
雨にうたれ、

遂に出あふこともなく、

遂に理解しあふこともなく、
考へられぬながい歴史をへだてて
別別な孤独を背負ひ、

国土とともに浮びあがり、
泥鼈《どろがめ》のやうにしづんでゆく。
葦のあひだに刺つた
赤いわしの軍刀。

飯盒《はんがふ》や、遺留品、
こはれた検温器や、
注射針などで、
足もたまらぬ洲のうへの、
砂のくぼみのあちこちに、

たまつてゐるうすい血、
つぶされた脳みそが
橋杭までとびちつて、

誰かが生きるために
僕が殺されたのだ。
それでいゝのかと
僕がたづねると、

「不服はない」
と、僕はこたへる。
僕のことをもうこれから
考へなくていゝからだ。

茫然と葦間に立ちつくす、

僕の目の前を、蹴込まれて
雨の濁水に、僕の死骸が
ながされてゆくのを、無心で見送る。

## 非情

夜闇のなかからそつととりだされたまゝの風景は、まるで正体がなく
ショーウインドーのなかでしらずに眠りこけてゐる子供のやうだ。
しきりに吐き出されては、ちぎれちぎれにとんでゆく霧靄《きりもや》——筏をくんだ蘆荻《ろてき》の群が、
あけがたの水のうへにならんで浮きしづみ、ぎしぎしと揺らぎ、
寝惚《ほう》けた顔、顔のあひだに、朝がはじまるいたましさ。

とりわけ、若さは無惨だ。こゝろがふれあふことは、あひてを鉤《かぎ》でひきやぶり、
この蘆《あし》の一群のやうに、じぶんも血まみれになることだ。
老年のなかにとりのこされた若さといへばもつとみじめで、
熟れすぎたくだものを嘴《くちばし》がつつきまはすやうに、つぎだらけな、ふるぼけた心臓が
ゆれにゆれ、みてゐる眼にもはらはらするやうだ。

泥洲に立つた十三本の松葉杖、脚のぐらつく僕の椅子を、
誰かにゆづりわたすには、僕が死ぬよりほかはない。日本はまづしく、椅子の数もすくな
いことではあるし。

だが、生きるのとおなじやうに、死ぬのも困難なことだ。
僕のすきとほつた蹼《みづかき》が、食紅《しよくべに》であざやかに染まつた水の表面《おもて》をかきまはし

すこしもしたくないことばかりを、僕はした。まづ、餌をあさること。
それから、ながい水馴《みな》れ棹《ざを》で、水死人をさがすやうに、あてもなく、
沈没船のまはりの底泥をつついた。また僕の眇《すがめ》が追つた。
枯葦から枯葦をくぐつて姿もみせず羽ばたいて去る渉禽《みづとり》を。

いづれにせよ。御覧の通りで、ゆるしあふには姦淫しかなく、
たしかめるには殺戮しかない、ふてくされたいまの世のなかに、

愛しながら生きる夢をすてない人人は、おもちやをはなさない子供のやうに
こはいものしらずのぐわんぜなさだ。そして枯葦ばかりがはびこり

ものに憑かれたやうにをののき、さわぎ、頭をふり
また、ふつと忘れたやうにしづまりかへり、すべてを喪失したやうに放心して

僕らのまはりをとりかこみ、水底にしづんださんせう魚のやうな
僕らの本土の荒廃のうへに、ゆるやかな波紋をひろげ、

春来るごとに、鋭く、あたらしく、青々として芽をそろへた。
立枯れたやぶれ葉や、折れ茎、ぬぎすてた苞《はう》のあひだから、びつしりと
すきまもみせず延びてゆくものよ。あゝ、一九四〇年代を僕らが生きてきた不倖と、
一九五〇年代にうまれてくるもののかなしみを秤《はかり》にかけて、
どちらの苦しみが大きいか。——地上どこへいつても、いまは
ヤンキーと、半開人たちが、さわいでゐる。この新しい世界経営者どもは、
一つの個性と他の個性とのあひだに、僕らの背すぢにそうて
垂直にセメントをながしこみ、僕らのまはりがすべて、固い石壁であること、また、束に
　してでなければ、もはや

人間に、ねうちのないことなどをおもひしらせた。それから、また「死」の鋪装で灰いろの葦群、血の気のない、いらだつてかさかさいつてゐる顔、顔のうへに、悪夢のやうにわがいのちを払ひのけたがつてゐる連中や、まだぶつぶついつてゐる不平家たちに、大きな「非情」をかぶせかける。

そして、僕が立つてゐる世界のはしつこに、夜がひろがり、人間のくらさがはじまる。葦は、なほ燃えつづける。水に映つて逃げまどふものの首すぢや、手足に飛びつき、髪をこがし、つぎつぎに火の粉をあたりにまきちらし、どこまでもと燃えうつりながら

さうだ。やつぱり、さがしてゐるのだ。炬火《たいまつ》のあかりのとゞくかぎり行儀よく揃つて、かさなりあつてゐる葉脈をすかして、

みきはめようと、こゝろをすますのだ。償《つぐな》ひを求めるにもてだてのない
遠いものを、永遠にかはらないものを。いままでの神とはまつたくちがふ
別の神が、交代するあひまの不在、フラッシュを焚くやうなあかるさで
遠くのいなづまが闇からとりだした束の間の、ありありとした
精神の虚落を。——エナメルのやうにてかてかにした
テラスのはてに燃えてゐるトラック。そのまはりをめぐる葦は

夜天につづいて
とりわけ、今宵は
星々の顔が
手にとるやうだ。

そよ風がきて
葦をわたれば
星は、消え
星はまたたき、

ながれ星、あれは
やくざなやつが
マッチの火を、指で
とばしてゐるのだ。

『屁のやうな歌』より

# 偈

人を感動させるやうな作品を
忘れてもつくつてはならない。
それは芸術家のすることではない。
少くとも、すぐれた芸術家の。

すぐれた芸術家は、誰からも
はなもひつかけられず、始めから
反古《ほご》にひとしいものを書いて、
永恒に埋没されてゆく人である。

たつた一つ俺の感動するのは、
その人達である。いい作品は、
国や、世紀の文化と関係《かかはり》がない。
つくる人達だけのものなのだ。

他人のまねをしても、盗んでも、
下手でも、上手でもかまはないが、
死んだあとで掘出され騒がれる
恥だから、そんなへマだけするな。

中原中也とか、宮澤賢治とかいふ奴はかあいさうな奴の
標本だ。それにくらべて福士幸次郎とか、佐藤惣之助と
かはしやれた奴だつた。

# 無題

風流は消えさつて、
ここには、茶碗と
箸しかない。

——ここには、一人のぢぢいがゐる。
あたまに、
絆創膏を貼つて、
三毛の野良猫を
ふところに入れて、
ぢぢいはけふも歩いてゐる。

しみたれた

男根をつつんだ
よごれた
さるまたをはいて
ぢぢいは、うらまちを
のそのそとあるいてゐる。

ぢぢいは、柵にもたれて、
汽車をみてゐる。
スピイドが彼の鼻をちよん切る。
ぢぢいは、二つくしやみする。

ていねいにみようとするが、
ぢぢいは、
「もうだめだ」とおもふ。
誰一人立止つてはくれないのだ。

なにか思ひ出さうとするが、
それまで待つてくれないのだ。
おもひきつて、女がほしいと言へば、
　　四人迄が笑ひ出すのだ。

ぢぢいは、じぶんの小便を
コップに入れて、
こぼさないやうに運ぶ。
階段をあがつて、
階段をおりて。

階段をおりて
階段をあがつて、
ぢぢいはそれを運ぶ。

この世のつづく限り

生きてる限りの人人の
すべての用事が終つて、
幕がしまつて、
しづかになつたあとまでも
ぢぢいは　じぶんの小便を
コップに入れて
大事さうにはこぶ。
――それよりすることはないのだから。

どうして君はいつまでも、男根のことなんか　そんなに気にするのですか。
気にするわけではありませんが、あいつを人並みにあつかつてやりたいとおもつてゐるからです。あいつをさげすむやうな批難するやうな仕打ちは、まつたく僕にはわからない。素性卑しいやうにいふ根拠などなにもない。
僕ならどんなに怒るでせうか。ヒウマニズムの立場から。

ぢぢいよ。若者の腰をさすれ。
それ以上お前に取柄はない。
ぢぢいを木からふり落して
食つた時代がなつかしい。

『若葉のうた』より

# 森の若葉

## 序詩

なつめにしまっておきたいほど
いたいけな孫むすめがうまれた
新緑のころにうまれてきたので
「わかば」といふ　名をつけた
へたにさはったらこはれさうだ
神も　悪魔も手がつけやうない
小さなあくびと　小さなくさめ

それに小さなしゃっくりもする
君が　年ごろといはれる頃には
も少しいい日本だったらいいが
なにしろいまの日本といったら
あんぽんたんとくるまばかりだ
しゃうひちりきで泣きわめいて
それから　小さなおならもする
森の若葉よ　小さなまごむすめ
生れたからはのびずばなるまい

# 若葉よ来年は海へゆかう

絵本をひらくと、海がひらける。若葉にはまだ、海がわからない。
若葉よ。来年になったら海へゆかう。海はおもちゃでいっぱいだ。
うつくしくてこはれやすい、ガラスでできたその海は
きらきらとして、揺られながら、風琴《ふうきん》のやうにうたってゐる。
海からあがってきたきれいな貝たちが、若葉をとりまくと、
若葉も、貝になってあそぶ。
若葉よ。来年になったら海へゆかう。そして、ぢいちゃんもいっしょに貝にならう。

# おばあちゃん

『若葉』のおばあちゃんは
もう二十年近くもねてゐる。
辷り台のやうな傾斜のベッドに
首にギプスをして上むいたまま。

はじめはふしぎさうだったが
いまでは、おばあちゃんときくと
すぐねんねとこたへる『若葉』。

なんにもできないおばあちゃんを
どうやら赤ん坊と思ってゐるらしく
サブレや飴玉を口にさしこみにゆく。

むかしは、蝶々のやうに翩々《へんぺん》と
香水の匂ふそらをとびまはった
おばあちゃんの追憶は涯《はて》なく、ひろがる。

そして、おばあちゃんは考へる。
おもひのこりのない花の人生を
『若葉』の手をとって教へてやりたいと。

ダンディズムのおばあちゃんは
若い日身につけた宝石や毛皮を
みんな、『若葉』にのこしたいと。

できるならば、老の醜さや、
病みほけたみじめなおばあちゃんを

『若葉』のおもひでにのこすまいと。
おばあちゃんのねむってる眼頭に
じんわりと涙がわき　枕にころがる。
願ひがみなむりとわかってゐるからだ。

『愛情69』より

# 愛情

## I

愛情のめかたは
二百グラム。

僕の胸のなかを
茶匙でかき廻しても
かまはない。
どう？　からつぽだらう。
——愛情をさがすのには
熟練がいるのだ。

錠前を、そつと
あけるやうな。

——愛情をつかまへるには
辛抱が要る。
　狐のわなを
しかけるやうな。

——つまり、愛情をおのがものにするには大そうな覚悟が要るのさ。
愛情とひきかへにして、
ただより安く、おのれをくれてやる勇気もいる。

　おのれ。そいつのねだんは
十三ルピ。

# 愛情
*13*

生れて始めてのことを、女はされる。
男は、新米の教師が、教壇で
化学の実験でもしてみせるやうに
なんど繰返しても、覚束ない手つきだ。

男は、女の手をそつとにぎつて、
愛撫し、それを頬にくつつけ、
それとなく、しづかに導いて
ヅボンのうへからさはらせる。

それから、もつとさまざまな
おろかしい真似をやつてのけるが、

男が、いけすかない男だからでも
女が、いやらしい女だからでもない。

女の顔に、ハンカチーフをかけて
男は、こころをおちつけるために
たばこの火をつけて、吸つてから
おもむろに、女のホックをはづす。

男は、いちいちびつくりしてみせ、
ばかみたいに上ずつた声で、言ふ。
「これがおへそといふものかい」
てめへだつてもつてゐるくせに。

# 愛情 *26*

ひつそりと愛情は忍びこむ。
こそ泥のやうに、
足音をしのばせて、あひての
どこよりもひ弱い心のすみに。

愛情はそこで死にたいとおもふ。
もはや、てだても要らなくなつた
ほつとしたおもひのあまりに。

愛情よ。死になさい。
かさかさにならないうちに、
汚名をきせられぬしほどきに、

上手に死ぬんだよ。愛情よ。

　愛情は、
心と心とで
そつととり引するものだが、

　それにしても、いつたい
その心とは、なにものだ。

　はてな。しつかりはわからないが
左、右、とおちつきのない
裸らふそくのほのほのやうに、
人間のうちがはで揺れてゐる奴さ。

『塵芥』より

# そろそろ近いおれの死に

ふらんねるでつつまれたやうな
このごろの陽気。
いつもねっとりと汗ばみながら

格子の間から往来を眺めてゐた。
額が格子にくひ込んで、
格子のあとのつくのもしらず、

ゆききの人を眺めてゐるだけで、
蜘蛛《くも》の巣の絡《から》まった顔や、人生の

紛擾《いざこざ》に巻込まれたくたびれた顔の
　往ったり来たりはたのしくもあり
衝突したり　躓《つまづ》いたりをみてゐるのは
つい喝采をおくりたくなる。不謹慎者。

　新聞はまづ黒框《くろわく》に眼を通して
ひとも死に　じぶんも死ぬ事を確かめる。
何とはなくそれも愉快な事である。

　そして　古い仲間は残少《のこりすく》なになった。
噂をきくとよほど前に奴は死んだと言ふ。
だがその噂をきけない程、隔った奴もゐる。
　香華《かうげ》をあげるって？　冗談ぢゃない。

俺だったら、怒るにちがひない。
死んだら忘れてもらひたいものだ。

淋しくないかって？　それも飛んでもない。
生きてる時だって　いつも孤《ひと》りで、
不自由なおもひをしたことはない。

孤独なんて　脂下《やにさが》ってる奴は、
たいてい何か下心があって、
女共にちやほやされたい奴だ。

よくわかるって？　当り前さ。
俺だって、似たやうな奴だったから
そんな俺がいま死んだとしても

痴漢が一人、減っただけのことで
世の中は　さっぱりしたわけだ。
詩だって？　それこそ世迷ひごとさ。

あんなものがこの世になければ、
もっとさっぱりした日々を送り、
のびのびと寝てくらせたものを。

力んでみたり　そねんでみたり
反りかへったり　くよくよしたり
折角のいのちを、台なしにしたのも、

みんなあの銀ながしのお蔭なのさ。
格子からながめたちょろい人生の
雛型をつくるただそれきりのことさ。

若くしての衆は役立たず、
六十余州をちり毛元《けもと》に寄せるてだても
はじめぬ先から夢の夢となって、さて、

本人の俺は、いま、木の端くれ。
見せ場もなしに、死を待つ身柄、
さうなってもまだ、未練はつきず、

忘れる筈の永遠を追ひかけて、
杖を忘れては　呼吸もつづかず、
汗と　なみだで　眼先もみえず、

なかには、やさしい人もゐて、
ながいことはないな。このぢぢい、

ゆきずりに声でもかけてやりたいとおもふ。

でも　やせ我慢の俺は、駄目で、
じぶんではまだ若者のつもりで、
車の稽古でもしようと企らむ。

夏芽と若葉をのせて　箱根まで
突っ走らうとおもふが、孫たちまで、
死の巻添へにつれてゆく気かといふ。

そんなことを考へるのがそもそも
もうろくしてゐるとおもふらしく、
それとなく見張ってゐる様子だ。

仏の来迎も　神の天国も

昔からのぞんだこともないこの俺を
しきたり通りの葬儀で送るつもりだ。

さうなればもう　糞をくらへだ。
もしもゐたら　そいつらに言ふ積りだ。
そろそろ引込んでみたらどうだと。

人間はお前たちより悧巧になって、
お前たちを上手に利用してるだけだ。
安い賽銭で屍骸を押しつけるだけだと。

# 解　説

七北数人

本シリーズ「日本語の醍醐味」のラインナップは、烏有書林の上田氏と私とでほぼ半々に企画を出し合っている。二人が共に、シリーズに加えたいと願う作家と作品であることが企画成立の絶対条件だ。

金子光晴は上田氏の当初からの念願で、彼の熱意はつねに感じていたし、収録候補に挙がっていた小説「風流尸解記」の、他に類例のない魔性の文体に触れただけでも、条件は楽々クリアする、それは確実だと思った。

だから今回は彼がほとんどの作品をセレクトしたのは当然として、私は本書の解説を書くのも辞退したいと、率直に申し出た。私にとって金子光晴は鬼門に近い存在だったからだ。

一九八一年、金子と若い愛人との爛《ただ》れた愛欲生活を描いた映画「ラブレター」が公開された。主演は中村嘉葎雄と関根恵子（高橋惠子）。監督の東陽一は当時、「サード」や「もう頬づえはつかない」が人気・評価ともに高く、青春映画の旗手のような存在だったが、にっかつロマンポルノの一作として撮られた「ラブレター」の主人公は初老の詩人だった。正妻がリューマチで寝たきりなのをいいことに、こっそり籍を抜いて愛人と入籍、そのうちまた正妻に籍をもどし、さらにまた愛人と入籍、とハチャメチャな戸籍いじりをする。結局どっちも捨てられず、どっちにも不義理をしつづける。愛人宅を何カ月も訪れなかったかと思うと、突然現れて、彼女の腿の付け根に自分の名前を入れ墨する。彼女はやがて精神を病み、自殺未遂をするに至る。

この映画を観たのが私の最初の金子光晴体験だったから、偏屈であくどい、自分勝手なサイテー男という印象しかもてなかった。もとより共感できようはずもない。しかも、ずいぶん後に知ったことだが、映画はほとんど事実に基づいて作られていたという。愛人の大川内《おおこうち》令子は、「風流尸解記」のヒロインのモデルでもあった。

それから十数年たった頃、たまたま金子作品をまとめて読む機会があった。

エロじじいの顔とは別に、金子は反戦詩人、抵抗詩人とうたわれる。戦争中も節をまげず、堂々と反戦の詩を歌いつづけた唯一の詩人、と最大限にもちあげる人も多い。左派の詩人仲間や評論家たちが特に熱烈で、彼らは揃って、敗戦直後から文学者の戦争責任を声高に叫んだ者たちだった。

対するに、彼らが最も槍玉にあげたのは、高村光太郎である。光太郎は戦時下の決死の覚悟をうたい、その厳しい孤絶のことばは時に、戦中でも反戦ととれる怒りを閃《ひらめ》かせていた。それでも前非を悔いて流刑さながらわが身を岩手の山小屋に閉じこめ、終生自らの内面をえぐりとるような詩を書きつづけた。

私にとって光太郎は生きる指針ともいうべき特別な存在だったから、〝敵〟の勉強をするつもりで金子光晴の〝反戦詩〟が載った本を何冊も読んだ。

実際読んでみると、言われるほど反戦の色は濃くないと思った。いや、むしろ言われないとわからない程度と言ったほうがいい。少なくとも、レジスタンスとか抵抗運動とか、そういう積極的な活動家のイメージは浮かばない。そのかわりに、天邪鬼《あまのじやく》、へそまがり、不平屋、亡命志願者……そんな陰性の印象ばかり感じて、やっぱり好きになれなかった。

過去、私の金子光晴体験はそこでプッツリ途絶えていた。

鬼門であろうとも逃げるわけにはいかず、私は複雑なわだかまりを抱えたまま、本書のゲラを読むことになった。

意外なことに、冒頭の「苔」「柩」から、変にひきこまれるものがあった。萩原朔太郎ばりのなまめかしい幻想。まるで死人のうたう歌のようだ。次々と読む。異常な心象風景が次々と立ち現れる。今まで感じてきた金子像とはまるで違う詩ばかり。どれもきらびやかで、暗く、怪しい。こんな金子光晴もあったのかと驚かされ、イメージはほとんど一新された。上田セレクトの妙。類書にない奔放さで、かなり神秘的かつアブノーマルな方向に偏った作品群だが、ここにこそ金子の本質があるなら、これは〝買い〟だと思った。

「詩・散文選I」と『老薔薇園』とがおおよそ一九二〇年代、著者二十代から三十代はじめ頃までの青春期の作品とおぼしい。若書きの詩集タイトルを『大腐爛頌』だの『老薔薇園』だのと付けたりするあたり、老成、というより、すでに老いさらばえて死者の世界に片足つっこんだ雰囲気がある。

特に一方の表題作「大腐爛頌」は、中世の仏教で教化に使われた九相詩《くそうし》絵巻《えまき》（美女の死体が腐乱して白骨化するまでの九段階を絵解きしたもの）を思わせる。ものみな腐りゆく、それは生物に平等の摂理であり、アメーバへの回帰のような、胎内に再びくるまれるような、融解・消失願望が根っこにありそうだ。

「草刈り」はまた実験的な物語詩で、大鎌による草刈りが、それこそ「大虐殺」のようにむごたらしく、不気味にリアルに描かれる。最後の「明日は、人間の世界を片つぱしから、殺しつくしてやらうもの」という恐ろしいセリフで、比喩が現実に転化する。

「秋の女」などは小説と呼んだほうがいい作品だが、こちらはやはり中世の畸形や奇病の種々相《しゆじゆそう》を描いた絵巻物、病草紙《やまいのそうし》をほうふつとさせる。

「潰瘍の局部ほどめざましい美観はない」「秋は、先天皮膚結核のやうに清い」

標本製作室の青年の病的な腐爛偏愛をこんなふうに表現する。しかし青年は、キズ一つない健康な娘の裸体は抱くことができない。彼はその感覚の底に「もつと傷められた者同士の魂でなければ救はれないほどの弱々しい魂をもつてゐたがためだ」。

殺戮や腐爛、虚無への憧れは、たとえるなら水の如き感情だろうか。水はまったき無に最も近い。極彩色の海中風景をあこがれと諦念をこめて歌う「水の流浪」が、この詩群の並びにしっくりハマるのはそれゆえだろう。

「アルコール」や「誘惑」などに、原初の世界への憧憬と、黙示録を模したような美と悪徳の神たちが描かれるのも、無を志向する一種の破壊衝動なのかもしれない。無秩序に散らばる言葉の宝石。意味はわからなくても、世紀末的な美のイメージは無限にふくらむ。

「小篇」はたった三行の詩だが、抱き合う男女の結ぼれが永遠の夜の海へと連なっていく、そんな感覚がノスタルジックに綴られていて素晴らしい。千言を費やすよりも深い詩情がある。こんな詩を書かれたら、女はみんな惚れるだろう。

「小姐」も、いい。上海の魔窟らしき隠れ家で、かわいい娼婦と阿片にどっぷり漬かってしまった老人の破滅的な楽園の図。老人の姿は自身の未来幻視なのか、妙にリアルだ。金子は二十九歳だった一九二五年と、その二年後、四年後の三回、上海を旅行している。後年「おもいでになった上海歓楽境」というエッセイで、「僕はフランス租界の、空家ばかりのさびれた町並みにある阿片館につれてゆかれたことがある」と書いている。「俗に「糞碼頭《ふんめとう》」と呼ぶ、上海の糞舟《モードンぶね》の集まる河岸ぞいに私娼窟がある。そこでも僕は、しめっぽい物置の中で平気で寝ている西洋人をみた。（略）日本人で阿片館に入りびたっている人間の話などは滅多に聞かないが」

一九二七年の上海旅行後には、横光利一のすすめで小説「芳蘭」を執筆、第一回『改造』懸賞創作に応募したが次点どまりだったという。「上海の女工とも娼婦ともつかない女のことを百枚ほど書いた」と回想しているので、あるいは「小姐」の破滅的な楽園が小説の帰結とつながるものだったのかもしれない。

「渦」にも、上海租界の混沌が描かれている。この汚さや人間たちのあくどさが、金子は好きなのだ。だから汚さを描く言葉が、味わい深い詩句へと昇華される。「さびた鉄条網」も「路ばたにぬれてゐる死骸」も、詩になってしまう。

なお、この詩だけは一九三七年とかなり時代が下って雑誌発表されたが、生前刊行の書肆ユリイカ版全集では詩集『鱶沈む』（一九二七年初版）の一篇に編入する形で収録されたので、書かれたのは二七年頃だったのだろう。没後の全集では初版詩集に準拠したため『鱶沈む』には当然入っておらず、結果、全集全体からも漏れてしまうという不幸な道をたどった。

『大腐爛頌』も『老薔薇園』も独立の詩集としては未刊に終わり、一九六〇年の書肆ユリイカ版全集まで埋もれていたものだ。

特に『老薔薇園』はスタイルも異色で、幻想味ゆたかな傑作ぞろいである。この形で生前刊行されていれば、金子光晴という作家の経歴が少しく書き換わっていたかもしれない、それほどの力を秘めている。全集以外では本書が初収録となる作品も多く、全篇収録の価値は大きい。

これは詩なのか、エッセイか、と思って読んでいくと、だんだん小説になっていく。特に後半、「竹林の隠士たち」や「赤寺」「浦島」など、聊斎志異《りょうさいしい》や御伽草子の翻案らしき幻想譚は、その描き方も奇想天外で、あちこちタガが外れている感じだ。肉感的なエロスもふんだんに盛り込まれつつ、古風で典雅な味わいも損なわない。古今を自在に往還する達意の文章は、澁澤龍彥のさきがけといった趣がある。

現代（当時は戦前）とおぼしき話でも、電気人間の話だったり、奇怪で、不穏で、でも、そんな人間のやつれ方が廃園のように素敵だ。

さまざまな空想で織りなされる〝物語〟という世界。空想のイメージだけを次々とつなぐなら、それはそのまま〝詩〟にもなる。表題作「老薔薇園」冒頭の、豪奢な頽廃を匂わす女性下着の散乱が老いた薔薇の園に変じたりする瞬間や、「日記」の中の黄昏の描写などを読むと、詩的イメージの連環ということを強く感じる。

「魚」では、病的で生々しいキリスト磔刑の裸像と少女娼婦の痛々しさをイメージでつなぎ、行為後の小さな罪悪感からか、魚屋にならぶ魚が少女たちのむきだしの肢体とダブって見えてしまう。そんなつなぎ方が圧巻だ。

連想が空想に発展し、幻想へ迷い込む。帰り道は、もうない。

金子が小説と銘打って世に出した作品はわずかだが、キャリアの初期から根底には小説志向のある人だった。幻想を発展させていくと、どうしても詩の領域をはみ出して小説になってしまう、そのようにして出来上がった作品も少なくなさそうだ。

日中戦争が始まった一九三七年、第五詩集『鮫』が刊行され、これが反戦・抵抗の詩人としての金子のイメージを決定づけた。中央公論社版全集で秋山清が書いた後記などは大半がこの抵抗詩人スタンスで、たとえば第二巻では、次のように書いている。

「二十数冊にもなる金子光晴の詩集から特にこれ一冊を、とえらぶことはたしかにむずかしい。その時々に、時代の趨勢のあるものにむかってのレジスタンスでなかったという詩集は彼にはなかったであろうからである」

『鮫』については「日本の民衆のなかの敵であるものとそうでないものとを描き、語り、うたった」と秋山はいう。民衆を敵と味方に切り分けて一体どうしたいのか、全く意味不明の文章には唖然とするほかない。金子にとっての〝敵〟はアンタだったんじゃないのか、と言いたくなる。

本書の序詩とした「おっとせい」で、金子は民衆のすべてに背を向けた。「文学などを語りあった」おっとせい、つまり秋山ら反体制詩人グループにもそっぽを向いた。徒党を組んで他を糾弾する者たちは「うすぎたねえ血のひきだ。」と罵倒した。誰にも与《くみ》しない。誰ともつるみたくない。孤高、孤絶、ともちょっと違う。単なる天邪鬼でもない。やっぱり、背を向けている、この表現がいちばん合うようだ。

他への怒りも、攻撃より嫌悪が先に立つから、言葉が毒々しくなる。「日本語の醍醐味」の一書巻頭が極度に汚い言葉で占められ、しかもそれが痛快な、やはり醍醐味でもある光景は稀有のものだ。

エッセイ「人間のいない世界」で「本当のユートピアは、人間のいないことかもしれぬ」と書くほどの人間嫌い。

左派の文芸誌『別冊新日本文学』一九六一年十一月号に寄稿した「四面みな敵」では、まるで喧嘩腰でこう書く。

「イケンの全くおなじ人間などというものはあるものではない。(略)だから、人間とあっているのはいやだ。他人のいやさと同時に、じぶんのいやさもはっきりつきつけてみせられるのだ。じぶんがいやな猿吉《えてきち》だとわかる。好ききらいのはっきり言える奴は、もしそんな野郎がいるとしたら、カンシンなくらいなもので、言論が自由だなんてぬかしても、自由にものの言える人間なんか、日本に一人だっていやしない。どれもこれもそろったへのこ野郎だ」

かつては好きになれなかった〝反戦詩集〟だが、今回は金子の心の底に横たわる虚無の深さが痛く感じられた。

なかでも「泡」は、戦争の残虐さを特に感じさせる詩だが、怒りと絶望に満ちている。「おいら」が待つ「くらやみのそこのそこからはるばると、あがってくるもの」とは何か。なんだかとてつもなく巨大な虚無。世界の終わり。人類の終焉。そんな言葉がぶくぶくと浮かんでくる。

戦争だけが虚無ではない。続く「どぶ」では、それが娼婦の痛めつけられた人生にもつなげられる。「泡」の比喩と全く同じ、「やみのそこのそこをくぐって」浮きつ沈みつするものが描かれる。

「鮫」では「死骸」の文字がくりかえされる。

その後の詩にも、あちこちで血が噴き出し、死臭がただよう。

『非情』(一九五五年)所収の「葦」では、はやばやと酸性雨に侵されてゆくような終末の風景が描かれ、冷徹な目は「僕」を見る「僕」を生みだす。死骸の「僕」と立ち尽くす「僕」。弱い、弱すぎる「葦」のような人間ども。死骸も生き身もみな同じ。葦の中、まはだかで、雨に打たれている。祖先も僕も「おなじやうに／葦のなかをさまよひ、／おなじやうに／雨にうたれ、」この永遠のリフレインが心地よい。

「くらげの唄」では、透きとおったくらげに同化し、「いや、ゆられてゐるのは、ほんたうは／からだを失くしたこころだけなんだ。」と歌う。海中を永遠に波にゆられる無意志の状態は、死の世界の居心地よさに通じるだろう。

金子がめざした小説の到達点ともいえる中篇「風流尸解記」（一九七一年）に至っては、ヒロインも次々現れる人間たちも皆、死びとだ。殺した女が時に幽霊となり、時にゾンビとなり、時には幽明の隔てを失った幻想となり、何度も何度も立ち現れる。谷崎潤一郎の「柳湯の事件」みたいな、知らぬ間に水底の死体を足の下に踏んでいる感覚が生々しく描かれる。『老薔薇園』後半の諸作とは逆にストーリー性が薄く、全篇が散文詩に近いものとなっていた。紙数の関係もあって本書には収録できなかったが、その原型は「蛾」と「失明」でみることができる。

一九四九年に発表された「蛾」は「小説」とはっきり銘打たれた初めての作品であり、「風流尸解記」とほぼ同一の世界観で出来上がっている。タイトルに秘められた意味は荘厳なラストで明らかになる。「失明」は「風流尸解記」の冒頭に、少し表現をかえて全文引用された。

これほどの虚無に侵された心で、よくまあ八十近くまで生きていられたと思う。

自伝エッセイ『詩人』の中で、自分の一、二歳頃の写真について、こんなふうに書く。

「みているうちに、なにか腹が立ってきて、ぶち殺してしまいたくなるような子供である」

人間嫌いになるほどの人間は、一方で愛情が深すぎるのかもしれない。裏切ったり裏切られたりをくりかえし、そのたびに癒えない傷を負う。だから一人息子の乾《けん》や孫の若葉や、若い愛人の令子らのことは無条件にかわいがる。異常に、かわいがるのだ。

そもそも、金子がいちばん影響を受けた詩人は、人間肯定の愛にあふれたベルギーのヴェルハアランであった。象徴主義のデカダンスとニヒリズムをとおって、自然と生命の融合、宇宙的な万物一如《いちにょ》の境地へと開かれていったヴェルハアランの詩世界。日本で誰よりもその詩に惚れ込み、誰よりも多く彼の詩を翻訳したのが高村光太郎と金子光晴の二人である。

一九五五年、光太郎訳のヴェルハアラン詩集『天上の炎』が文庫化された折には、金子が巻末解説を引き受けた。

「ヴェルハアランと最も心臓の鼓脈の近い詩人とおもわれる高村光太郎氏が、この詩集を訳了されたことは、思いがけぬよろこびであり、これ以上適当な訳者を僕らの周囲に見出すことはできないだろうと思う」

「人間が人間を取戻すために、もう一度、ヴェルハアランが読まれねばならない」

金子を礼讃する左派詩人たちは、現在に至るもなお光太郎の戦争責任を糾弾しつづけているが、金子自身は決してその片棒を担ぐことはしなかった。むしろ光太郎に、敵わない大きさを感じていたようだ。人間として好きだったことも吐露している。「なにもかも大きくて」「ケンソン深い、おだやかな人柄の」光太郎に対して、「無頼の徒の僕のような人間は、近寄ればすぐあいそをつかされそうで、はるかに引退っているよりしかたがないのだった」とエッセイ「高村さんのこと」に書いている。

数え年二十五の時に書かれた初々しい詩「二十五歳」には、ヴェルハアランに心酔した青年のロマンチシズムが見てとれる。

「二十五歳の懶惰は金色に眠つてゐる。」

光り輝く未来を夢みる、その年齢。いつも懐に抜き身の刀を仕込んでいそうな金子にも、こんな時代があった。それだけで、信じるに足るじいさんだと思ってしまう。

本書の底本には、主に中央公論社版『金子光晴全集』第一巻から第五巻および第九巻（一九七五―七六年）、「渦」のみ書肆ユリイカ版『金子光晴全集』第一巻（一九六〇年）を用い、その他『定本 金子光晴全詩集』（筑摩書房、一九六七年）などの詩集・著作集を参照した。

原則として漢字は新字体に統一したが、変更は最小限にとどめた。仮名は底本に従い、歴史的仮名遣い・現代仮名遣いともそのままとした。また、明らかな誤記・誤植と思われるものは訂正した。ただし、当時の慣用表現もしくは著者独特の用字と思われるもの（「痲痹」「永恒」「到著」など）はそのまま活かした。

底本にあるルビは適宜採用し、難読語句については新たにルビを付した。

本書には現在の人権感覚からすれば不適切と思われる表現があるが、原文の時代性を考慮してそのままとした。

金子 光晴（かねこ みつはる）

1895年、愛知県越治村（現津島市）生まれ。本名安和。早稲田大学、東京美術学校、慶應義塾大学をいずれも中退。1919年、自費で詩集『赤土の家』を出版し渡欧、ベルギー、フランス等で2年あまりを過ごす。1923年、詩集『こがね虫』を出版し注目を浴びつつある最中に関東大震災が起こる。1928年から1932年まで妻・森三千代とともに中国、欧州、東南アジアを放浪する。1935年に詩「鮫」を発表後、軍国主義など日本の社会体制を批判する抵抗詩を書き継ぐ。1954年『人間の悲劇』で読売文学賞、1972年『風流尸解記』で芸術選奨文部大臣賞を受賞。1975年6月、急性心不全により死去。

# 老《ろう》薔《ば》薇《ら》園《えん》

——シリーズ 日本語の醍醐味⑦


二〇一五年十一月五日 初版第一刷発行

定 価＝本体二八〇〇円＋税

著 者 金子光晴

編 者 七北数人・烏有書林

発行者 上田 宙

発行所 株式会社 烏有書林
〒一〇一—〇〇二一
東京都千代田区外神田二—一—二 東進ビル本館一〇五
電 話 〇三—六二〇六—九二三五
FAX 〇三—六二〇六—九二三六
info@uyushorin.com http://uyushorin.com

印 刷 株式会社 理想社

製 本 株式会社 松岳社





ISBN978-4-904596-09-8